El fugitivo

J. M. Dillard

El fugitivo

Traducción de
Camila Batlles

Círculo de Lectores

A S.

I

El día en que el mundo del doctor Richard Kimble se desmoronó fue una jornada muy ajetreada. Había acudido temprano al hospital, había realizado un par de intervenciones quirúrgicas y después visitó a sus pacientes, sin detenerse para comer ni para descansar. Pero ya estaba acostumbrado.

Al apearse del taxi, se detuvo para contemplar el cielo nocturno de Chicago. El viento hacía que la nieve se arremolinara entre los rascacielos; iluminados por las farolas, los copos, de un color plateado oscuro, caían en silencio. Kimble recordó un pasaje de un relato corto de James Joyce, donde decía que los seres vivos se disuelven y desaparecen como la nieve a medida que mueren, para convertirse en meros recuerdos.

Los copos de nieve, suaves y helados, le rozaron el rostro, las manos, y se derritieron inmediatamente. No había nada en el mundo parecido a la nieve. Podías sostenerla y adorarla durante unos breves segundos antes de que se desvaneciera. De pronto, Kimble experimentó una curiosa melancolía. Aunque ignoraba su origen, la recordaría durante muchos años. Fue la noche en que nevó. Fue la noche en que su mundo quedó destruido.

Al cabo de unos instantes regresó a la realidad y echó a andar por la helada acera hacia la entrada del hotel. El portero lo saludó y abrió la puerta de cristal. Al entrar, Kimble sintió una ráfaga de aire cálido que disolvió los copos de nieve que llevaba pegados en los hombros y en el pelo. Subió las escaleras de dos en dos y dejó el abrigo en guardarropía antes de penetrar en el cavernoso salón de baile.

Había tal bullicio que Kimble apenas oía la música ni la voz del maestro de ceremonias, y la sala estaba tan atestada de gente que apenas veía a las modelos que desfilaban por la pasarela. Pero la pancarta que colgaba sobre el estrado quedaba bien visible: FUNDACIÓN PARA LA INVESTIGACIÓN Y AYUDA INFANTIL.

Un camarero le ofreció una copa de champán. Kimble la dejó sobre una bandeja, sin probarla, y miró a su alrededor tratando de localizar a Helen.

—¡Richard! —exclamó una voz profunda, mientras Kimble notaba una manaza que lo agarraba por el codo.

Al volverse, vio a Jake Roberts, sonriendo y fumando un grueso puro. Jake era un hombre simpático y corpulento, un cirujano que trascendía el estereotipo del egocéntrico maniático del detalle. Tenía siempre un aspecto un tanto desaliñado y llevaba los pantalones sujetos por debajo del abultado vientre, de forma que cada vez que se inclinaba hacia delante mostraba un pedazo de carne blanca. Incluso vestido de esmoquin parecía un fontanero, pero todos sus compañeros lo admiraban. Jake Roberts era uno de los mejores cirujanos pediatras del país. A Kimble siempre le asombraba ver unas manazas tan enormes intervenir con tal delicadeza a sus pequeños pacientes.

Jake hablaba sin quitarse el puro de la boca, y Kimble se acercó para oírlo.

—... Cancún —terminó diciendo Jake, mientras conducía a Kimble hacia un grupo de cirujanos que se hallaban frente al bar. Las volutas de humo ascendían hacia el techo, formando unas nubes que quedaban suspendidas sobre ellos—. Nat nos ha convencido a todos...

Nat Stein, el representante de material sanitario, que en aquellos momentos estaba tomando nota de las copas que habían pedido sus compañeros, ofreció a Kimble un cigarro. Era un individuo de temperamento nervioso, bien vestido y probablemente el tipo más hipócrita que Kimble había conocido jamás.

Kimble sacudió la cabeza, con una leve sonrisa.

—¿Cuál es el trato? Si el hospital compra diez nuevos...

—No, no... —protestó Nat, agitando la mano para eliminar la más ligera sospecha—. Sin contrapartidas, doctor Kimble. La empresa Industrial Hospital Supply no tiene ningún motivo ulterior.

Jake Roberts soltó una carcajada.

Kimble hizo un gesto con la cabeza, indicando el bar, y dijo:

—A cuenta de la casa, ¿eh?

Nat asintió.

—Tónica con lima —pidió Kimble al camarero. Luego carraspeó y añadió bruscamente—: No conseguiréis que venda mi alma por uno de esos viajes.

Los demás lo miraron confusos y en silencio. Kimble tomó un trago de su copa y le guiñó el ojo a Nat Stein.

—Pero si consigue más entradas para un partido de los Bulls, no deje de avisarme.

Sus colegas se echaron a reír, aliviados, sobre todo Nat. Kimble aprovechó la oportunidad para emprender la retirada y casi se cayó de bruces cuando uno de los asistentes alzó los brazos para simular que le daba a una pelota de golf. Se trataba de Dave Austin, uno de los médicos internos.

—No muevas la cadera, Dave —aconsejó Kimble.

Dave se volvió y sonrió.

—Gracias, Richard.

Al cabo de unos minutos vio a Kathy Wahlund. Estaba de puntillas, contemplando la pasarela, de espaldas a él, pero la reconoció por la vieja cazadora de cuero que llevaba siempre. La joven se giró unos instantes, observando con disgusto la multitud, pero no lo vio. Kimble sonrió al ver que llevaba una camiseta que decía: «Me alegro de estar muerto». Kathy se había licenciado en medicina pero, debido a su carácter rebelde, había preferido trabajar en el laboratorio antes que dedicarse a la práctica clínica. Se negaba a ponerse la bata de laboratorio y se saltaba siempre las normas, pero todos la admiraban debido a su inteligencia. Kimble sentía simpatía por ella porque era sincera y apasionada (aparte de franca) en sus convicciones, y porque sabía que su rebeldía no era sino un mecanismo de defensa destinado a ocultar un corazón excesivamente tierno.

El doctor Kimble se colocó a la izquierda de Kathy y, tras darle unos golpecitos en el hombro derecho, apartó rápidamente la mano. La joven se volvió hacia la derecha, pero no vio a nadie. Luego se giró hacia la izquierda y, al descubrir a Kimble, hizo un ruidito de fastidio, aunque no pudo reprimir una ligera sonrisa.

—Le agradezco que me haya convencido de que venga —dijo socarronamente mientras contemplaba con visible desdén a las modelos que desfilaban por la pasarela—. Así podré escoger los vestidos para el crucero.

Kimble sonrió. Kathy no se llevaba bien con la mayoría del personal del hospital, y sentía un profundo desprecio por Nat Stein. El día en que se conocieron le dijo que era un cerdo y un inmoral, y le arrojó un archivador.

Nat siempre se olvidaba de tomar nota del material que necesitaba Kathy.

Kimble le dio una palmada en la espalda y dijo:

—Es por una causa noble. Además, tienes que salir de vez en cuando del laboratorio. Estás empezando a broncearte de tanto mirar por el microscopio electrónico.

Kathy esbozó una mueca que casi parecía una sonrisa. Kimble siguió circulando por entre la multitud, en busca de Helen, cuando de pronto se tropezó con un amigo.

—Hola, Charlie.

El doctor Nichols, jefe de patología del Memorial Hospital de Chicago, se volvió. Al igual que Kimble, tenía cuarenta y tantos años, pero era delgado y atlético, y tenía un aspecto juvenil. Al ver a Kimble sonrió, mostrando una dentadura blanca y perfecta realzada por el bronceado de su tez. Nichols era un excelente administrador, cuyo entusiasmo y energía habían conseguido transformar el hospital, que pasaba por serios apuros económicos, en un próspero negocio.

—¡Richard! —exclamó Nichols, estrechándole la mano—. Acabo de ver a una persona que desea conocerte...

Finalmente Kimble había conseguido localizar a Helen y apenas oyó lo que le decía Nichols. Le extrañaba que le hubiera costado tanto dar con ella, pues era sin duda la mujer más guapa de la reunión, incluyendo a las modelos que desfilaban por la pasarela. Vestida con un sencillo traje de noche negro y con una hilera de perlas alrededor de la garganta, se hallaba rodeada de un nutrido grupo de admiradores, aunque ella fingía indiferencia ante el interés que despertaba. Súbitamente se volvió y, al ver a su marido, sonrió. A Kimble le pareció que la sala se volvía más resplandeciente, más cálida, más acogedora. Se sentía más animado, aunque todavía experimentaba una leve melancolía.

No le había apetecido ir. Hubiese preferido quedarse en casa con Helen y sabía que, en el fondo, a ella también. Pero se habían convencido mutuamente, destacando la magnífica labor que la CRAAF realizaba en favor de los niños.

La voz de Nichols lo devolvió a la realidad. Le estaba presentando a alguien, y Kimble extendió la mano instintivamente.

—Éste es Richard Kimble... —dijo Nichols—. Te presento a Alex Lentz.

Kimble estrechó la mano de Lentz con firmeza. Lentz era un hombre joven, de treinta y pocos años, sonriente y muy bronceado. Kimble comprendió enseguida que era médico sin necesidad de preguntárselo. El nombre le resultaba vagamente conocido, y supuso que lo habría mencionado algún colega suyo o lo habría visto en una revista de medicina. Lentz resultaba idéntico a Nichols, a quien probablemente soñaba con arrebatarle algún día su puesto.

—Alex trabaja en las pruebas del RDU90 para Devlin-Macgregor —añadió Nichols a título de información.

—Es un placer, doctor Kimble —empezó a decir Lentz—. Estos últimos días nos hemos telefoneado con frecuencia. Sobre el informe de una biopsia que le devolví, ¿lo recuerda?

En la memoria de Kimble se disparó una alarma al recordar dónde había visto el nombre de Lentz: en un pedazo de papel rosa, indicando que lo había llamado mientras estaba ausente. Miró fijamente a Lentz y dijo:

—Sí... Tres. Los hígados parecían estar afectados por hepatitis.

Decidió no decir nada más para no avergonzar al joven médico delante de Nichols. No valía la pena comentar que Lentz se había equivocado; todos cometemos errores. Pero Kimble podía reconocer un hígado enfermo en cuanto lo veía, y esta semana había visto tres; de hecho, había comentado a sus colegas en broma que aquello parecía una epidemia. A veces pasaban seis meses sin que uno viera una determinada dolencia y luego, de golpe, en el espacio de una semana, se presentaban media docena de casos. La semana pasada habían sido cálculos renales; esta semana eran hígados. Tres hígados claramente precirróticos, tres informes de biopsias que afirmaban que eran normales. Y todos ellos formaban parte del estudio de un fármaco realizado por Lentz.

Lentz seguía sonriendo, pero Kimble observó una repentina tensión alrededor de la boca y los ojos del joven.

—Mañana por la mañana, antes de ir a mi oficina, recogeré las muestras. ¿Le parece bien? —le preguntó Lentz.

—Desde luego —contestó Kimble.

Lentz sostuvo la mirada de Kimble durante unos instantes. Luego se volvió hacia Nichols y dijo:

—Hasta pronto, Charlie.

Kimble lo observó alejarse durante unos momentos y luego buscó de nuevo a Helen, pero había desaparecido, así que se dirigió hacia el lugar donde la había visto antes.

Nichols lo siguió, rebuscando en el bolsillo hasta encontrar un resguardo que entregó a Kimble.

—A propósito, esta tarde pasé por el garaje y recogí el Ferrari. Gracias por el préstamo.

—¿Te lo han arreglado? —preguntó Kimble, guardándose el resguardo en el bolsillo.

Nichols compraba siempre unos coches deportivos que se pasaban más tiempo en el taller de reparaciones que en la carretera.

—Espero que sí —respondió Nichols.

Kimble alzó los ojos hacia el techo y suspiró, cuando de pronto advirtió que su esposa se hallaba de pie frente a él. Se inclinó hacia delante y la besó, mientras ella contemplaba preocupada su rostro, cubierto por una barba canosa.

—Estás preciosa —dijo Nichols, dándole un beso en la mejilla.

—Hola, Charlie —respondió ella educadamente, pero Nichols ya se había vuelto hacia Kimble para decirle:

—Mañana a las tres tenemos una reunión.

—No faltaré —contestó Kimble.

Nichols se despidió de los dos y se fue.

El sedoso tejido del vestido de Helen rozó la mano de Kimble y él le acarició la suave piel de su brazo. Tan suave y cálida...

Pensó repentinamente en la nieve y sintió un intenso deseo de alejarse de aquel bullicio y encerrarse en casa, envuelto por la suave oscuridad y el silencio.

—Bien, ya he visto a todo el mundo. ¿Podemos marcharnos? —preguntó a Helen, fingiendo aburrimiento.

—Sería un poco descortés, ¿no crees? —contestó ella.

Luego, mirándolo como si fuera la única persona que estuviera en la sala, se llevó lentamente la mano a los labios, besó las puntas de los dedos y la apoyó en la mejilla. Había tanto amor, tanta comprensión y compasión en ese pequeño gesto, que en aquellos momentos Kimble hubiera hecho cualquier cosa por ella, incluso dar su vida. Posteriormente, a lo largo de los siguientes días y meses, se lamentó en muchas ocasiones de no haber muerto en su lugar.

Por amor a Helen, soportó estoicamente el incesante parloteo de los otros comensales durante la cena, preguntándose si no habría sido mucho más agradable permanecer en casa y presenciar el partido de los Bulls. Su esposa estaba atrapada entre dos investigadores, a quienes escuchaba con expresión interesada mientras ellos le relataban los prolijos y tediosos pormenores de sus estudios más recientes y Kimble escuchaba la estúpida cháchara de sus esposas.

—¿Dónde trabaja tu marido?

—Es fisioterapeuta y trabaja en el Northwestern...

—Llevas un vestido maravilloso...

—¿Te gusta? Mi marido lo encuentra muy caro...

Al cabo de un rato el doctor Kimble miró a Helen, indicándole discretamente el reloj y diciéndole en silencio: «Ahora».

Ella sacudió ligeramente la cabeza. Kimble alzó los ojos al techo en un gesto de exasperación y siguió jugueteando con el salmón con salsa de kiwis que tenía en el plato.

—Le dije a mi marido que al final acabaría matándonos si no dejaba de operar —dijo una de las esposas más jóvenes, la cual se había tomado varios vasos de vino, mientras las otras la miraban escandalizadas—. Con eso del sida, hace que todos corramos peligro.

Helen encajó el comentario sin pestañear, pero Kimble observó que su expresión se endurecía levemente. Luego miró a su marido y dijo en silencio: «Ahora».

—Lo siento —dijo Helen, sonriendo a sus compañeros de mesa—. Tengo que llevarme a mi marido a casa.

Kimble se levantó de la silla, procurando disimular su satisfacción.

Al salir, pasaron junto a la mesa de Nichols. Kimble se detuvo para despedirse de su amigo y, al levantar la mirada, vio a Lentz, sentado al otro lado de la sala, observándolos con rencor.

La sensación de alivio que experimentaba Kimble aumentó durante el viaje de regreso. Había cesado de nevar y la ciudad parecía una resplandeciente joya cubierta por un polvillo blanco. Helen se acurrucó junto a él y le acarició el pelo. Kimble sabía que se alegraba tanto como él de haber abandonado la fiesta.

—Esta noche estabas muy guapo —murmuró Helen.

—Gracias —respondió Kimble, sonriendo y observándola por el retrovisor.

Helen interpretó su sonrisa como un gesto de arrogancia y dijo con tono socarrón:

—La mayoría de los hombres que llevan esmoquin parecen camareros...

—¿Excepto yo? —preguntó Kimble, alzando una ceja.

—Parecías más bien un... director de orquesta.

Al detenerse en un semáforo, Kimble se inclinó hacia su mujer y la besó.

Al cabo de unos momentos ella se apartó y murmuró con voz ronca:

—¿Ya hemos llegado?

En aquel momento el semáforo cambió de verde a ámbar y Kimble pisó a fondo el acelerador, mientras él y Helen se acariciaban, besaban y reían como chiquillos.

Cuando se detuvieron frente a su casa, el buscapersonas y el teléfono del coche comenzaron a sonar al mismo tiempo. Kimble y su mujer se miraron con resignación mientras él descolgaba el teléfono.

—Doctor Kimble... —dijo Rhea Gates, una de las enfermeras del turno de noche—. Lamento molestarlo a estas horas, pero el doctor Price me pidió que lo llamara. Él y el doctor Falawi necesitan su ayuda en el quirófano...

—¿Cuándo? —preguntó Kimble.

—Ahora mismo. Se trata de una hemorragia. Tiene mal aspecto.

—De acuerdo. Dígales que llegaré dentro de diez minutos —respondió Kimble. Después de colgar el teléfono dijo a Helen—: Tim tiene un problema.

Helen lo besó y le acarició el pelo y la barba.

—Llámame de camino a casa —dijo, y se apeó del coche.

Mientras Kimble aguardaba a que subiera los escalones de la entrada, vio unos copos de nieve atrapados en la luz de los faros. Había empezado a nevar de nuevo.

—Ha llegado la caballería —dijo Kimble.

Al asomarse al quirófano vio a Falawi y Price, con aspecto preocupado, observándolo por encima de sus máscaras. Kimble fue a lavarse las manos mientras Mohamed Falawi, el principal médico interno del Chicago Memorial, le informaba del caso. Era un hombre rechoncho, de tez oscura, con unas ojeras permanentes; esta noche parecía tener una media luna de color púrpura debajo de cada ojo.

—El paciente es un hombre de cuarenta y tres años —explicó Falawi, soltando un suspiro de cansancio—. Le extirpamos la vesícula y comenzó la hemorragia.

—¿Cuál es el tiempo de coagulación? —preguntó Kimble.

—Treinta y seis segundos —dijo Falawi. Kimble lo miró asombrado—. Es una hemorragia brutal.

Después de enjabonarse hasta los codos, Kimble empezó a enjuagarse.

—¿Has hablado con la familia? —preguntó.

Falawi sacudió la cabeza.

—No tiene parientes. Es un vagabundo.

Tras ayudar a Kimble a enfundarse los guantes y la máscara, ambos penetraron en el quirófano, donde Tim Price y Josefina Muñoz, la anestesista, los aguardaban. Kimble se animó al ver a Marie Johnson, pues era una de las mejores enfermeras instrumentistas del hospital. Ninguno de ellos lo saludó. La tensión en el quirófano era palpable, y todos tenían centrada la atención en el hombre que se estaba desangrando sobre la mesa.

Lo primero que observó Kimble fue la sangre; luego el fibroso y deteriorado hígado; y por último observó que para tratarse de un vagabundo de cuarenta años, o de cualquiera que tuviera un hígado como el suyo, ofrecía un aspecto muy sano y bien alimentado.

Por lo visto, era la semana de los hígados misteriosamente enfermos, concretamente los hígados enfermos que estudiaba Alex Lentz.

—De acuerdo —dijo a Muñoz—, voy a pinzar. ¿Podrá resistirlo el paciente?

Muñoz lo miró por encima de la máscara y sus oscuros ojos expresaban dudas.

—Está muy mal —respondió.

Kimble suspiró. Si no pinzaba la arteria por la que sangraba, el hombre moriría.

—¿Y qué otra alternativa tenemos?

Muñoz suspiró también y contestó:

—Adelante.

—Marie —ordenó Kimble, sin mirarla—, déme una pinza.

Tampoco miró el instrumento que le entregó la enfermera, pero por su peso y su tacto sabía que era el adecuado. Luego puso manos a la obra, explorando suavemente pero con firmeza a través de los ensangrentados órganos en busca de la arteria seccionada. En el quirófano reinaba un silencio absoluto y Kimble decidió aliviar la tensión.

—¿Sabe su marido que está aquí, Marie? —preguntó.

La enfermera se rió. Era una mujer mayor que él, corpulenta y con aspecto de matrona, pero la primera vez que Kimble le había dicho «debemos dejar de vernos a escondidas», después de una larga noche en el quirófano, la frase le había hecho gracia y se había convertido en un pequeño chiste entre los dos.

Al fin localizó la hemorragia y pinzó la arteria. Ahora sólo quedaba esperar. Luego se dirigió a Falawi y a Price y preguntó:

—¿Y el hígado?

—Su historial es confuso —respondió Falawi—. Podría tratarse de un alcohólico.

—¿Quién lo ha enviado aquí?

La respuesta de Falawi era la que ya había sospechado.

—Está en el estudio de un fármaco, el RDU90.

Otra vez Lentz. Kimble ya había hablado con Tim Price acerca del RDU90 y los hígados. Se miraron.

—La ola del futuro —observó Kimble secamente, observando la arteria que había pinzado.

La hemorragia iba cediendo, lo cual significaba que sólo había una. El asunto había resultado más sencillo de lo que suponía y pronto podría regresar a casa junto a Helen.

—¿Se lo ha dicho ya a Frank? —preguntó a Marie.

Frank era el marido de la enfermera. Kimble guiñó un ojo a Tim Price y añadió en tono confidencial:

—Frank está celoso de estas sesiones nocturnas...

—Me prometió que se lo diría primero a Helen —respondió Marie, siguiendo la broma.

—No puedo. Le partiría el corazón —contestó Kimble, mirando a Tim—. Ya está. La hemorragia ha cedido. —Al cabo de unos minutos, dijo a Marie—: Quiero una biopsia del hígado. Envíe una muestra a Kath para que lo analice.

Otra muestra iría a parar a manos de Lentz, para los resultados de su estudio; probablemente se equivocaría de nuevo y afirmaría que el tejido del hígado estaba perfectamente sano. No era necesario enviar otra muestra a Kath, pero tras los informes de Lentz, Kimble prefería que ella analizara también el hígado. No porque sospechara que Lentz se equivocaba aposta en sus informes, sino porque quería que alguien competente como Kathy corroborara o desmintiera lo que le parecía un trabajo de laboratorio sumamente chapucero. Kathy estaba tan ocupada con las tareas rutinarias que probablemente no había reparado en esas muestras; pero cuando se diera cuenta de que Kimble hacía que otra persona las analizara también, montaría en cólera.

Price lo miró con alivio.

—¿Te quedas hasta que lo suturemos, Rich?

Pero Kimble ya se estaba quitando la bata.

—No —contestó sonriendo y pensando en Helen—. Tengo una cita.

Luego se dirigió al lavabo y arrojó el gorro y la máscara al cubo de basura. Tim Price entró tras él.

—Eh, Richard...

Kimble se volvió.

—Gracias —dijo Tim, sonriendo bajo la máscara.

Kimble le devolvió la sonrisa y salió. Estaba de un humor excelente, ansioso de regresar a casa junto a Helen. Sin embargo, en el fondo de su mente persistía una vaga inquietud, que no alcanzaría a descifrar hasta al cabo de varios meses, y su nombre era RDU90.

Helen estaba todavía vestida, sentada en el cuarto de estar, leyendo, cuando sonó el teléfono.

El sonido rompió el pesado silencio. Helen descolgó el auricular y sonrió al oír la animada voz de Richard.

—Hola. Estoy a cinco minutos de casa.

—¡Qué rápido! ¿Has podido ayudar a Tim?

—Sí. Era una hemorragia muy grave, pero hemos podido resolverla. Creo que el paciente sobrevivirá.

—Me alegro —respondió Helen. Luego bajó la voz y añadió en tono provocativo—: Te espero dentro de unos minutos...

Kimble no contestó, pero ella sabía que estaba sonriendo. Después de colgar el auricular, apagó la lámpara del salón y subió la escalera.

Al llegar al descansillo, cuando se disponía a encender la luz del pasillo, notó que su corazón empezaba a latir más deprisa mientras experimentaba una extraña sensación de temor. Automáticamente, se volvió, temiendo ver a alguien acechándola en la oscuridad.

Pero no vio a nadie. Encendió la luz y se dirigió al dormitorio, pensando en que Richard no tardaría en llegar. Luego entró en el vestidor, encendió la luz y empezó a desnudarse. No. Esperaría a que llegara Richard. Sonrió suavemente y alargó la mano para cerrar la puerta del armario ropero que Richard se dejaba siempre abierta.

Lo que sucedió a continuación ocurrió demasiado deprisa para darse cuenta de ello, y apenas le dio tiempo a reaccionar.

Notó un movimiento y, de pronto, por entre la ropa que

colgaba en el armario, surgió una mano que la agarró por el cuello y la dejó sin aliento. Helen no sintió temor; la descarga de adrenalina le provocó una reacción mucho más intensa que cualquier tipo de emoción. Sentía su cuerpo caliente y al mismo tiempo frío, pulsando con la fuerza eléctrica que le recorría la espalda y borraba la capacidad de pensar y razonar.

Luego sintió que las perlas se le clavaban en el cuello, asfixiándola. Sin hacer el menor ruido, empezó a arañar la mano que la sujetaba, tratando de liberarse. Debido al forcejeo, el collar se rompió y las perlas cayeron al suelo en una cascada.

Su agresor salió del ropero, pero Helen sólo alcanzó a ver una inmensa sombra que se cernía sobre ella. Al fin, tras muchos esfuerzos, consiguió liberarse y echó a correr hacia el teléfono que había en la mesilla de noche.

Pero cuando intentó descolgarlo, percibió un breve y suave silbido y un impacto seco y contundente que coincidieron con un intenso dolor en el muslo seguido de otro, aún más desgarrador, en el cráneo.

Tambaleándose, Helen avanzó unos pasos y por algún milagro del instinto consiguió descolgar el auricular, pero súbitamente una mano la derribó al suelo y el teléfono cayó sobre la moqueta, junto a ella.

Durante unos instantes permaneció sumida en la oscuridad. No veía nada, no se daba cuenta de nada; luego parpadeó y recobró la vista.

Por el rabillo del ojo vio la silueta de su agresor, pero ya no le temía, nunca más volvería a temer nada. Luego apareció una luz entre las tinieblas, cálida y atrayente, y Helen se deslizó hacia ella.

2

El viento aullaba y la nieve caía sin cesar cuando Kimble se detuvo frente a su casa. Entró precipitadamente, se quitó el abrigo y lo sacudió antes de colgarlo en el armario de la entrada.

En el cuarto de estar sólo se percibía el tic-tac del reloj que había sobre la repisa. Kimble arrojó las llaves sobre la mesa del vestíbulo y miró la correspondencia.

—Ya estoy aquí —dijo—. ¿Sabes qué equipo ha ganado el partido de los Bulls?

Pero nadie respondió. Helen tenía unos oídos biónicos, como solían decir en broma, y Kimble supuso que se habría quedado dormida después de hablar con él. Pero al entrar en la cocina comprobó que la luz del teléfono estaba encendida.

Era muy tarde para una llamada; Kimble confiaba en que no fuera otra emergencia, pero de ser así hubiera sonado su buscapersonas. Mientras examinaba el correo advirtió que la lavadora estaba en marcha. Conectó la secadora y luego abrió la despensa. Eligió una botella de vino que a Helen le gustaba mucho, cogió dos copas y subió la escalera.

La luz del descansillo estaba encendida. Cuando faltaban tres escalones para llegar a lo alto de la escalera, vio algo blanco y reluciente sobre la moqueta, junto a su pie. Se inclinó para cogerlo y comprobó que era una de las perlas de Helen.

Aunque no tenía motivos para alarmarse, Kimble notó

que el corazón le latía con violencia. De pronto, el silencio que emanaba del dormitorio le pareció siniestro.

Giró la cabeza hacia el dormitorio, cuya puerta estaba entornada, y vio la pantalla de la lámpara en el suelo, entre el armario ropero y la cama.

Kimble subió los tres escalones que faltaban, cruzó apresuradamente el descansillo y se detuvo en la puerta del dormitorio, inmóvil, sin atreverse a respirar siquiera.

A través de la rendija de la puerta vislumbró la silueta de una forma humana, una forma demasiado alta y voluminosa para ser su mujer. En medio del profundo silencio oyó unos jadeos y el terror hizo presa en él. Se abalanzó contra la puerta con todas sus fuerzas y la figura que se ocultaba tras ella lanzó un grito y dejó caer un objeto brillante y metálico.

Kimble se precipitó sobre la pistola, pero el hombre (de complexión robusta y movimientos torpes) se le adelantó. Kimble lo agarró por un tobillo y el hombre cayó de bruces, mientras la pistola se deslizaba por el descansillo y caía por la escalera hasta aterrizar en el suelo del vestíbulo, tres pisos más abajo.

A lo lejos se oyó el ulular de unas sirenas.

El intruso consiguió zafarse y echó a correr, pero Kimble lo persiguió y consiguió agarrarlo de un brazo antes de que bajara la escalera. El brazo tenía un tacto extraño, ligeramente frío, y cuando Kimble tiró de él, la extremidad se desprendió a mitad del húmero, entre el hombro y el codo. Era hueco, y el interior estaba lleno de electrodos. Kimble lo contempló atónito y luego miró al hombre (de tez olivácea, ojos oscuros y cabello negro y rizado) que tenía frente a sí.

El desconocido le propinó un puñetazo en la mandíbula y Kimble cayó hacia atrás. Antes de que se recuperara del golpe, el hombre cogió su brazo y bajó apresuradamente la escalera.

En el exterior, el sonido de las sirenas era más insistente.

Kimble se levantó, dispuesto a perseguir a su agresor, pero de pronto oyó un murmullo a sus espaldas:

—Aún está aquí... en la casa...

Kimble se volvió. Al otro lado de la cama, iluminada por la luz del ropero, yacía Helen. Todavía llevaba el traje de noche negro, que contrastaba con la palidez de su rostro. En una mano sostenía el teléfono, que yacía en el suelo junto a sus labios; y la otra estaba apoyada en su cabeza.

Una voz ansiosa y estridente sonaba a través del auricular:

—¿La he entendido bien? ¿Su agresor todavía está en la casa? ¿Me oye, señora?

—Ha intentado matarme —murmuró Helen.

Tenía los ojos vidriosos. Kimble se acercó y, al verlo, soltó el teléfono.

La estridente voz sonó de nuevo:

—¿Puede repetírmelo, por favor?

—Richard... Ha intentado matarme...

Kimble se arrodilló junto a ella. Había asistido a mil pacientes que se debatían entre la vida y la muerte, y jamás había perdido la serenidad; era la única forma de salvar vidas. Pero ella no era una paciente, era Helen, y Kimble deseaba gritar, maldecir y matar al hombre que la había herido. Trató de dominarse, pero cuando extendió la mano para acariciarla, comprobó que estaba temblando.

Helen tenía la piel fría, suave y húmeda.

—Mi cabeza —se quejó.

Kimble observó la señal violácea en torno a su cuello y la acarició con ternura, en un intento por aliviar el dolor.

—No te preocupes, cariño, te pondrás bien —dijo con tono profesional.

Observó que tenía una herida de bala en el muslo. No vio mucha sangre, pero supuso que le había afectado la arteria femoral, pues sus labios habían adquirido un color grisáceo y respiraba con dificultad, como si estuviera a punto de entrar en coma. ¿Pero, por qué? Kimble palpó el sedoso tejido del vestido; estaba seco a excepción de una mancha del tamaño de una pelota de tenis. Oprimió la palma de la mano contra ella para detener la hemorragia, pero su instinto y su experiencia le advertían que su mujer debía de estar sangrando en otra parte de su cuerpo...

—Mi cabeza —repitió Helen, clavándole las uñas en el brazo—. Richard, abrázame...

Luego miró al techo, con expresión aterrorizada, mientras seguía sosteniéndose la cabeza con una mano.

Súbitamente, Kimble comprendió de dónde provenía la hemorragia. Suavemente, le apartó la mano y vio que tenía la cabeza cubierta de sangre.

Le habían partido el cráneo, el cual revelaba una parte de la masa encefálica.

El teléfono que había en el suelo junto a Helen empezó a sonar.

—¿Hola? ¿Dijo usted que se llama Richard? ¿Me oye, señora? ¿Puede hablarme?

Kimble estrechó a su mujer entre sus brazos sintiendo un indescriptible dolor, como el que había experimentado hacía tres años, y cuando oyó entrar a la policía de Chicago, gritando para identificarse, fue incapaz de reaccionar.

Luego oyó miles de pisadas por la escalera, pero tampoco reaccionó cuando los policías irrumpieron en la habitación apuntándole con las pistolas. Uno de ellos gritó:

—¡Apártese de ella!

Kimble alzó la cabeza, pero no los vio. Miró a través de la ventana del dormitorio el cono de luz que proyectaba la farola, y la nieve que seguía cayendo implacablemente.

Los policías le obligaron a dejarla tendida en el suelo de la habitación, sola, y lo condujeron a la cocina, donde se lavó las manos como un autómata. Uno de los agentes se llevó su chaqueta manchada de sangre, mientras otro le entregaba un anorac limpio que había sacado de la secadora.

No le permitieron llorar a Helen en la intimidad. La casa se llenó inmediatamente de policías. En el exterior, la calle estaba atestada de coches de la policía, de vecinos curiosos y de reporteros de la televisión. Los peritos forenses empezaron a tomar huellas y a sacar fotografías de Helen, de la mancha violácea alrededor de su cuello, de las heridas, del dormitorio y de la pistola de Kimble, oculta todavía en el cajón de la cómoda. Los flashes de las cámaras lo cegaban.

Le hicieron numerosas preguntas, y él las fue respondiendo. Luego lo condujeron a la comisaría de la calle Once.

Una vez allí, lo llevaron a una pequeña habitación amueblada con tres sillas y una mesa. Al cabo de unos minutos aparecieron dos detectives llamados Kelly y Rosetti. Kimble apenas se fijó en Rosetti, quien permaneció en silencio durante buena parte del interrogatorio. Kelly, por el contrario, se mostró agresivo y hostil. Kimble permaneció sentado con la mano en la barbilla, contemplando la mugrienta mesa, el suelo lleno de manchas, la herida en la cabeza de Helen y la nieve invisible.

La entrevista duró varias horas, que a Kimble le parecieron una eternidad. Más tarde no pudo recordar la mayoría de las preguntas que le habían formulado aquella noche, pero algunas le quedaron grabadas en la memoria.

—¿Qué clase de pistola tenía el agresor?

—Era una pistola... del calibre treinta y ocho, creo. Sólo la vi un momento, antes de arrebatársela.

—¿Tiene usted una pistola, doctor Kimble?

—Sí.

—¿De qué tipo?

—Una Smith del calibre treinta y ocho.

—¿Llevaba usted sus llaves esta noche, doctor Kimble?

—Sí, claro...

—Su esposa era una mujer muy rica, ¿verdad?

Kimble los miró incrédulo y luego se enfureció. Se apartó la mano de la cara y se inclinó hacia delante, observando fijamente los impasibles rostros de Kelly y de Rosetti.

—¿Pero qué están diciendo? ¡Ese canalla trataba de robarnos!

Los policías lo miraron fríamente.

Kimble abrió la boca y exhaló aire como si le hubieran propinado un rodillazo en el pecho.

—Deben de estar locos. Yo no maté a mi esposa.

Luego se levantó indignado y avanzó hacia la puerta, pero el policía que montaba guardia junto a ella le impidió pasar. Kimble se volvió y miró enfurecido a Kelly, quien dijo con una leve sonrisa:

—Empecemos de nuevo, doctor Kimble. ¿Qué tomó usted para desayunar?

Lo metieron en una celda, vestido con la camisa y los pantalones del esmoquin. Tenía que haber llamado a la familia de Helen y a sus mejores amigos para darles la noticia personalmente, para llorar un rato con ellos. Pero sólo hizo una llamada de dos minutos a su abogado, Walter Gutherie. Tuvo que buscar su número en la guía, pues lo había olvidado.

Gutherie casi le colgó el teléfono. Estaba a punto de amanecer y tenía la voz ronca.

—¿Quién es? —preguntó.

Kimble trató de resumir lo sucedido en una frase coherente y racional.

—¡Maldita sea!

—Walter, no cuelgues. Soy Richard Kimble.

—¿Richard? ¿Qué ha ocurrido?

—Helen ha muerto. La han... asesinado...

—Dios mío —murmuró Walter.

Luego guardó silencio. Gutherie no tenía tanta amistad con la familia como para que lo despertaran en plena noche para comunicarle esta noticia.

Al cabo de unos segundos, Kimble dijo:

—Me acusan de su asesinato, Walter.

—¿Dónde estás?

—En una comisaría. No recuerdo cuál.

—La de la calle Once —dijo el policía que estaba junto a él.

—Iré inmediatamente —contestó Gutherie.

Lo encerraron en la cárcel del condado de Cook sin fianza. Le quitaron el esmoquin y le entregaron un mono color naranja; le quitaron el reloj y el anillo de boda y los guardaron en una bolsa de plástico. A Kimble le parecía simplemente que sus circunstancias externas habían cambiado para expresar sus sentimientos. Por las noches permanecía tendido sobre el incómodo jergón, despierto, recordando los últimos momentos de Helen, su encuentro con el manco, reviviendo el dolor con la esperanza de hallar alguna prueba que demostrara su inocencia. Cuando por fin conseguía dormirse, soñaba que estrechaba a Helen entre sus brazos mientras agonizaba, mientras se le escapaba la vida...

Era como una pesadilla.

La cárcel le demostró que el infierno era un fenómeno temporal. Era un lugar siniestro, donde no existía la menor señal de placer humano ni comodidad alguna, que apestaba a orines y a sudor. Cuando Kimble preguntó a Walter Gutherie si iban a concederle una fianza, éste se encogió de hombros y murmuró que era un año de elecciones y el juez quería demostrar que era muy severo con los criminales.

El tiempo transcurría lentamente. El invierno dio paso a la primavera, y ésta al verano. Poco antes de que se celebrara el juicio, Walter solicitó un aplazamiento para disponer de más tiempo.

Más tiempo para hallar al manco. Cuando Kimble le preguntaba cómo iban las investigaciones, Gutherie le respondía con evasivas.

Unos días antes del juicio, Kimble comprendió que iba a perder. Gutherie y su joven ayudante, Randolph, se reunieron con él en la sala de entrevistas de la cárcel. Como de costumbre, Gutherie le explicó la situación y, también como de costumbre, procuró evitar su mirada. Aquel día, Kimble empezó a comprender el motivo.

Cuando el guardia acompañó a Kimble a la sala de entrevistas, Gutherie se hallaba de pie junto a la ventana, contemplando el patio de la cárcel, mientras Randolph observaba a Gutherie. Cuando Kimble entró, Walter lo saludó con una breve inclinación de cabeza y siguió mirando por la ventana como si estuviera estudiando el futuro de Kimble. No sonrió. En aquellos días, Gutherie y Kimble no solían sonreír con frecuencia.

Gutherie carraspeó y soltó el discurso que tenía preparado:

—Unos detectives privados han entrevistado a más de cien mancos. No hemos conseguido encontrar a ese tipo.

Kimble se alarmó. El tono de su abogado contenía el mismo mensaje que el tono empleado por el detective Kelly la noche en que Helen fue asesinada: incredulidad.

—Sé lo que vi, Walter —declaró con sequedad.

Gutherie suspiró y apoyó una mano en el cristal de la ventana.

—Si hago que subas al estrado para relatar lo que viste

sin presentar la menor prueba, el fiscal cogerá el cuento del manco y te lo meterá por el culo.

Kimble lo miró atónito y repitió:

–¿Cuento?

Gutherie no respondió, sino que se volvió y miró fríamente a Kimble.

–Nos pagas mucho dinero para que te defendamos, Richard. Si confiesas...

–No me crees –murmuró Kimble, perplejo, y cerró los ojos.

En aquel instante comprendió que el dolor de haber perdido a Helen, de saber que el hombre que la había asesinado continuaba en libertad, no era suficiente. Iban a castigarlo por ello. Iba a permanecer en la cárcel. Su propio abogado estaba convencido de su culpabilidad. Sintió una emoción que no era rabia, ni dolor, ni horror, sino una combinación de todo ello. Se dirigió a Gutherie y dijo con vehemencia:

–Yo no maté a mi mujer.

Gutherie se giró y siguió mirando por la ventana.

–Eres un ciudadano de raza blanca, de clase media alta, un cirujano de éxito, que ha sido acusado de un crimen violento. Es un caso circunstancial, pero te juzgará un jurado. Debemos tratar de convencerlos, porque si perdemos, lo perdemos todo. Recuerda que están dispuestos a machacarte.

El juicio comenzó a finales de verano, y continuó a lo largo del otoño. Para aparecer ante el tribunal, le permitieron ponerse el traje que le había llevado Walter y le entregaron la bolsita de plástico que contenía su alianza. Cuando Kimble entró en la sala del tribunal, la fiscal, una mujer algo más joven que Helen, lo miró fríamente antes de dirigirse a los parientes de Helen.

Estaba convencida de que era culpable, al igual que todos los demás. Kimble no había hablado con la familia de su esposa desde el asesinato.

Puede que el caso fuera circunstancial, pero de todas formas resultaba apasionante. El primero en declarar fue el detective Kelly.

—La puerta no había sido forzada —dijo—. Desde el principio de la investigación, no me dio la impresión de que se tratara de un robo. No se llevaron nada.

Luego declaró el perito forense:

—Encontramos las huellas del acusado en el cuello de la difunta...

La suave y delicada piel del cuello de Helen, que Kimble había acariciado...

—... la pistola, las balas y la lámpara. No hallamos otras huellas, excepto las de la difunta.

El jurado escuchó impasible mientras reproducían la grabación 911.

—¿La he entendido bien? ¿Su agresor está todavía en la casa? ¿Me oye, señora?

Luego la voz apenas audible de Helen, como el murmullo de un fantasma:

—Ha intentado matarme...

—¿Puede repetírmelo, por favor?

Una pausa. Luego el sonido del auricular al caer al suelo.

—Richard... Ha intentado matarme...

Kimble ocultó el rostro entre las manos. A través de los dedos, vio algunos de los jurados tomando nota.

Charles Nichols también subió al estrado. De todos los amigos de Kimble, sólo Kathy Wahlund y Charlie Nichols parecían creer sinceramente en su inocencia. Ambos fueron a verlo a la cárcel y se ofrecieron como testigos de la defensa, pero a Gutherie sólo le interesaba Nichols. Wahlund, según dijo, era un personaje demasiado pintoresco, demasiado franca, para que el jurado la creyera. Además, se negaba a despojarse de su cazadora de cuero y de sus extravagantes camisetas para ponerse un traje sastre azul marino.

Nichols hizo lo que pudo.

Y luego la fiscal arremetió contra él. Se acercó al estrado, apoyó una mano en la barandilla y se volvió hacia el jurado para que la vieran con claridad.

Su voz tenía un tono seco y contundente.

—Doctor Nichols, ¿sabe usted que Richard Kimble es el único beneficiario de la fortuna de Helen Kimble, la cual asciende aproximadamente a doce millones de dólares?

Nichols encajó bien la pregunta. Se volvió hacia el jurado y contestó con sinceridad:

—Sí, lo sé. El dinero no significa nada para Richard.

Kimble lo miró con gratitud.

La fiscal no parecía convencida. Dio media vuelta y, cruzando los brazos, se acercó al jurado.

—Sin embargo, en cierta ocasión, Richard Kimble dijo ante usted que si tuviera el dinero de Helen haría muchas cosas con él, ¿no es cierto?

La fiscal se detuvo y miró fijamente a Nichols.

Nichols titubeó:

—Hablábamos de...

De financiar la investigación médica. De lo que podía hacerse con doce millones de dólares.

—¿Sí o no?

—Quisiera aclarar...

—Ruego al testigo que responda a la pregunta.

Nichols suspiró, derrotado, mientras la fiscal sonreía victoriosa.

—No haré más preguntas, señoría.

A continuación prestó declaración el forense. Era un hombre mayor, de temperamento tranquilo, cuyo tono suave y términos clínicos consiguieron conmover al jurado.

—La herida de la cabeza le causó una fuerte hemorragia cerebral. Tardó entre cinco y siete minutos en morir...

Una de las mujeres del jurado se estremeció y dirigió a Kimble una mirada de profundo odio. Él apartó la mirada.

Cuando al fin subió al estrado, Kimble relató con sencillez los hechos de la noche de autos, deteniéndose varias veces para recuperar la compostura. Cuando terminó, miró a Gutherie y vio por primera vez una expresión de esperanza en su rostro, mientras un par de miembros del jurado se enjugaban los ojos.

Gutherie asintió en un gesto de aprobación y se sentó de nuevo.

La fiscal avanzó hacia él despacio, con paso decidido, como una gata que acechara a su presa. Al principio, su tono era neutral:

—¿Qué estatura tenía ese hombre, doctor Kimble?

Kimble trató de recordar.

—No estoy seguro, porque estábamos en el suelo, peleándonos. No podría...

—¿Acaso fue la pelea lo que le provocó los arañazos que presentaba usted en el rostro y en los brazos?

—No, ya le he explicado...

—¿Y cómo entró ese hombre en su casa?

—Lo ignoro.

—¿Tampoco sabe por qué su esposa le dijo a la telefonista que usted la había atacado?

Kimble hizo ademán de levantarse de la silla, pero el juez le obligó a sentarse de nuevo.

—Eso no es cierto —contestó.

La fiscal sonrió despectivamente y elevó el tono de voz a medida que lo acribillaba a preguntas:

—¿No es cierto que se llama usted Richard Kimble? No es cierto que tiene una pistola del calibre treinta y ocho?

¿No es cierto que sus huellas estaban en la pistola, en las balas, en la lámpara y en el cuello de su mujer?

—Mire...

—¿No es cierto?

Kimble inclinó la cabeza.

Estaba estupefacto. Era demasiado horrible para ser verdad, demasiado alucinante, impensable, injusto. Ya sabía el veredicto antes de que el portavoz del jurado lo leyera, pero no podía asimilarlo ni comprenderlo. La única realidad se le imponía de noche, cuando veía en sueños a Helen, agonizando en sus brazos. Y el rostro de su asesino. La razón le decía que jamás daría con él, pero hacía tiempo que Kimble había abandonado la razón.

No importaba que estuviera encerrado en una celda y no pudiera encontrar a su asesino. Al fin lo conseguiría, pues era la única razón de su existencia.

A finales de otoño concluyó el juicio. El día en que el juez Bennett leyó la sentencia, una ligera capa de nieve cubría la ciudad.

Kimble permaneció sentado impasible, sin moverse, junto a Gutherie. El alguacil le obligó a levantarse cuando el juez leyó la sentencia:

—Tras examinar minuciosamente todas las pruebas presentadas durante cada fase de este juicio, y teniendo en cuenta las circunstancias agravantes presentes la noche del veinte de enero, este tribunal ha decidido enviarlo a la penitenciaría del estado de Menard, donde permanecerá hasta que le sea aplicada la pena de muerte, mediante una inyección letal, ejecutada por el estado de Illinois.

Las palabras del juez causaron un fuerte impacto entre todos los asistentes. Mil voces empezaron a hablar al unísono; los periodistas se precipitaron hacia la puerta mientras la gente avanzaba por los pasillos hacia la salida. En la mesa de la fiscal, ésta y su ayudante se miraron con expresión de triunfo.

—Lo siento —murmuró Gutherie.

Pero Kimble no reaccionó, ni siquiera le oyó. Tan sólo oía las palabras de Bennett, que se repetían en su mente sin cesar. Tampoco observó el tumulto que había estallado a su alrededor; sólo veía a Helen y el rostro del manco.

De golpe, las imágenes se desvanecieron y Kimble miró a su alrededor, inmóvil, impasible, cegado por la nieve.

3

El viejo autobús avanzó traqueteando por la carretera. Transportaba a cuatro prisioneros, recientemente condenados, desde la cárcel del condado de Cook hasta la penitenciaría del estado de Menard. Kimble trató de ignorar el olor de gasolina y las miradas hostiles de los tres presos sentados junto a él y de los dos guardias situados al otro lado de la jaula de alambre.

Era de noche. El guardia más viejo estaba sentado con el rifle sobre las rodillas, dormido, mientras el más joven fumaba un cigarrillo y arrojaba el humo hacia la jaula.

Uno de los presos, el más corpulento y agresivo, dijo:

—Como vuelvas a hacerlo haré que te tragues el cigarrillo.

El joven guardia sonrió despectivamente para demostrarle que no le tenía miedo.

—Cállate, Copeland.

Kimble cerró los ojos. Por enésima vez desde que el juez había leído el veredicto, se propuso dar con una solución. Contrataría a otro abogado, un abogado que creyera en su inocencia y estuviera dispuesto a presentar una apelación; un abogado que a su vez contratara a un buen detective privado, que le escuchara y le creyera y se esforzara en encontrar al manco.

Eso era lo único que importaba: hallar al asesino de Helen. Castigarlo por haberla matado, e impedir que matara a otras personas. Todo lo demás carecía de importancia. Lo único que importaba era Helen.

Hacía varias horas que habían abandonado la cárcel del condado. Pese a las molestias que le producían las esposas en las muñecas y los grilletes en los tobillos, y pese al frío reinante, el rítmico movimiento del autobús hizo que Kimble se adormeciera. Como de costumbre, soñó con Helen. Walter Gutherie también se hallaba presente, repitiendo incesantemente lo mucho que lo lamentaba.

–¡Eh!

Kimble abrió los ojos. Hacía bastante rato que se había quedado dormido, y uno de los presos, un individuo delgado, de mirada inteligente, se había levantado y estaba charlando con el guardia más joven.

–Las normas penales de Illinois exigen que nos den de comer durante los desplazamientos de más de cuatro horas –dijo el preso.

El guardia soltó un gruñido que sólo podía significar: «maldito enteradillo». Luego consultó el reloj y despertó a su compañero:

–¡Eh, Jack! Es la hora de la cena.

Jack se despertó, agarró instintivamente el rifle y bostezó. Luego se levantó, extrajo una llave de su cinturón y se acercó a la jaula, mientras el otro guardia guardaba su rifle en una caja de metal. Tras introducir la llave en la cerradura de la jaula, Jack abrió la puerta de la misma.

Kimble estiró las piernas para desentumecerlas y pateó el suelo para entrar en calor. A su izquierda, el preso llamado Copeland se inclinó hacia delante, formando una V con las manos, como un nadador a punto de zambullirse, y sacudió la cabeza entre las rodillas, como si tratara de desembarazarse de unas telarañas mentales. De pronto se deslizó un objeto de su camisa y cayó al suelo. El ruido quedó sofocado por el sonido de las esposas y los grilletes, pero Kimble vio que se trataba de un mango de plástico, afilado como una cuchilla de afeitar.

Kimble se quedó helado. El joven guardia entró en la

jaula y ofreció un sándwich al preso que había protestado. Kimble miró a Copeland, quien pese a las esposas, logró ocultar el plástico en la palma de la mano. Luego se inclinó hacia Kimble y le murmuró al oído:

—Si dices una palabra, te mato.

Jack, el viejo guardia, se hallaba apostado junto a la puerta abierta de la jaula, con el rifle apoyado en la barriga. Su compañero ofreció un sándwich al segundo preso y otro a Kimble, quien permaneció inmóvil.

—Como quieras —dijo el guardia, quien ofreció a Copeland el sándwich que había rechazado Kimble.

Éste extendió las manos para cogerlo, pero las esposas se lo impidieron y el bocadillo cayó al suelo. El guardia soltó una palabrota y Copeland se inclinó hacia delante para recogerlo. El corazón de Kimble empezó a latir aceleradamente, pero no dijo ni una palabra.

Jack bostezó.

—¡Cuidado! —gritó Kimble.

Copeland levantó bruscamente las manos, entrelazadas como si estuviera rezando, y clavó el plástico en el pecho del joven guardia, justo debajo de las costillas.

Al mismo tiempo, el preso que se hallaba a la derecha de Kimble se abalanzó sobre el guardia para arrebatarle la pistola, pero éste, tambaleándose pero todavía en pie, disparó un tiro que fue a alojarse en el suelo de acero.

El ruido sobresaltó a Jack, que agarró el rifle y entró precipitadamente en la jaula. El picapleitos saltó sobre él, derribando también a Kimble. De pronto sonó un disparo y el viejo autobús dio un bandazo, haciendo que la puerta de la jaula se cerrara tras ellos. Kimble miró hacia la parte delantera del vehículo y vio que la bala había alcanzado al conductor, quien se hallaba inclinado sobre el volante, con un agujero en la espalda y el pie apoyado en el acelerador.

El autobús se salió de la carretera. Kimble intentó socorrer al conductor, pero los grilletes y las cadenas le impedían acercarse a él. El joven guardia consiguió arrebatar el revólver al preso que estaba a la derecha de Kimble y lo mató de un tiro. Copeland se abalanzó sobre el guardia para arrebatarle el arma.

El viejo Jack golpeó al picapleitos con la culata del rifle y acto seguido le vació el cargador en el pecho.

Mientras el autobús seguía zigzagueando, Kimble consiguió avanzar unos pocos centímetros hacia la puerta de la jaula.

Entretanto, Jack cargó de nuevo el rifle mientras Copeland se ocultaba debajo de un asiento. El anciano introdujo el rifle debajo del asiento y apretó el gatillo en el mismo momento en que el autobús saltaba sobre un bache. Las balas atravesaron el asiento, pero no alcanzaron a Copeland.

Bruscamente, el autobús cayó sobre un costado y Kimble rodó hacia la derecha, chocando con unas piernas, unos torsos, unos asientos y la pared interior de la jaula. El impacto lo dejó sin aliento y le magulló los hombros y la espalda.

Pero la aventura aún no había terminado. El vehículo se deslizó unos metros sobre el asfalto, llenándose de polvo.

Al cabo de unos momentos cesó todo movimiento y todo sonido. Kimble yacía tumbado de espaldas, tosiendo mientras trataba de incorporarse.

De pronto se topó con el viejo Jack, quien le apuntaba con el rifle mientras intentaba recuperar sus llaves y avisar al conductor, el cual parecía estar muerto. El anciano lo miró furioso y Kimble temió que disparara contra él.

Miró al viejo guardia fijamente, pero no se resistió ni pronunció una sola palabra. En aquel momento le tenía sin cuidado que lo matara, excepto que en tal caso no podría encontrar al asesino de Helen. Suspiró resignado, pero Jack no disparó.

De pronto oyeron un gemido y el anciano giró la cabeza.

Kimble hizo otro tanto y vio al joven guardia tendido junto a la jaula agarrándose la barriga, mientras la sangre se deslizaba por entre sus dedos.

—Acérquese —ordenó el anciano a Kimble—. Sé que es médico.

Kimble se acercó al joven guardia. Tenía la camisa empapada en sangre y estaba a punto de perder el conocimiento. La ubicación de la herida (justo debajo de las costillas) indicaba que había atravesado el bazo. Si llegaba a un hospital a tiempo, conseguiría sobrevivir. De lo contrario...

El anciano había localizado un botiquín de primeros auxilios cubierto de polvo.

—Haga algo —dijo, entregándoselo a Kimble.

Se miró las esposas y el viejo guardia sacó sus llaves y se las quitó. Kimble se frotó las muñecas, abrió el botiquín y miró el interior.

Estaba vacío, excepto por unas cuantas tiritas. Kimble observó al paciente y se inclinó sobre él para examinar la herida. No había duda de que tenía el bazo roto; a juzgar por la fuerte hemorragia, posiblemente tenía seccionada la arteria del bazo. Se giró hacia Jack y dijo:

—No se salvará a menos que lo trasladen inmediatamente a un hospital.

—Procure salvarlo —le ordenó Jack, en un tono que no admitía discusión alguna.

Kimble miró a su alrededor en busca de algo que pudiera utilizar a modo de venda. De pronto notaron un leve temblor. Jack se sobresaltó, pero Kimble no hizo caso y colocó el botiquín bajo los pies del herido. Jack quitó la camisa a uno de los presos que había muerto, la dobló y se la entregó a Kimble, quien taponó con ella la herida. El joven guardia gimió.

El autobús volvió a temblar, esta vez más fuerte. Kimble apoyó la mano en la pared y sintió una intensa vibración, como un terremoto que poco a poco adquiriera mayor intensidad.

—¿Dónde demonios estamos? —preguntó.

El viejo guardia se arrodilló y se deslizó hacia una de las ventanillas. Lo que vio le hizo ponerse en pie apresuradamente, tanto que se golpeó la cabeza contra el techo del vehículo.

—¡Mierda!

Kimble se inclinó adelante y miró también por la ventanilla.

El autobús yacía sobre la vía del ferrocarril. A lo lejos se oía un tren que se acercaba.

Presa de un ataque de histerismo, Jack agarró la puerta de la jaula y la sacudió violentamente.

—Está cerrada —dijo Kimble—. ¿Dónde están las llaves?

El anciano miró su cinturón, pero estaba vacío. Kimble buscó por el autobús hasta encontrar las llaves en el suelo, junto al conductor. Las recogió y se las entregó a Jack.

El resplandor del tren invadía el autobús, arrojando unas sombras sobre los rostros de sus ocupantes. Kimble cogió al herido por las axilas y lo arrastró hasta la parte delantera del vehículo, donde se hallaba Jack, sosteniendo las llaves con manos temblorosas.

—¿Cuál es? —gritó Kimble. Luego apoyó al herido contra la pared del autobús y señaló la llave que suponía que era la correcta—. ¿Es ésta?

Jack asintió. Kimble le arrebató el llavero, metió la llave en la cerradura y abrió la puerta. Luego agarró al herido por un brazo y dijo al viejo guardia:

—Ayúdeme a sacarlo de aquí.

Pero el anciano no le hizo caso. Tras derribarlo de un empujón, trepó por encima de él y se deslizó a través del parabrisas. Kimble gritó indignado, pero en aquel momento vio que el guardia herido recuperaba el conocimiento y lo observaba aterrado.

El autobús temblaba con fuerza y la luz se hacía cada vez más intensa. Si Kimble se quedaba para ayudarlo...

(¿Qué más daba? ¿Qué importaba si moría aplastado por el tren?)

De pronto, el rostro del asesino de Helen apareció ante sus ojos.

En aquel momento oyó el silbido del tren y el chirrido de los frenos. Sin pensárselo dos veces, Kimble agarró al joven guardia, lo sacó a través del parabrisas y lo arrojó a un lado de la vía.

Luego saltó del autobús y rodó unos metros antes de ponerse en pie. No podía echar a correr, pues las cadenas se lo impedían, de modo que se alejó dando unos saltitos antes de que el tren embistiera al autobús.

Con un crujido ensordecedor, el tren chocó contra el autobús, lo partió en dos y diseminó los fragmentos de metal. Uno de ellos alcanzó a Kimble en el tobillo. Él lanzó un grito de dolor, pero no se detuvo.

Curiosamente, el tren no llegó a detenerse por completo. Kimble oyó una explosión que hizo vibrar el suelo bajo sus pies y, al volverse, vio unas llamas anaranjadas que iluminaban el paso a nivel, junto al cual se hallaba tendido el joven guardia.

Todo ello ocurrió en una fracción de segundo, y mientras observaba el fuego, Kimble oyó otro ruido atronador y vio que la locomotora había descarrilado y se dirigía hacia él. Kimble gritó y empezó a agitar los brazos y a mover las piernas en un desesperado intento de echar a correr.

(Y de pronto, mientras luchaba por sobrevivir, una parte de su cerebro le preguntó: «¿Por qué? ¿Por qué luchas?».)

De nuevo, la respuesta apareció en el rostro del asesino de Helen, el rostro del manco.

Sin atreverse a mirar al gigante que lo perseguía, Kimble siguió corriendo y agitando los brazos, como para impulsarse hacia delante. A sus espaldas oía el fragor de la locomotora y sentía el intenso calor de las llamas.

Súbitamente el suelo se alzó bajo sus pies como una ola, como si de pronto apareciera ante él una montaña, y tropezó, pero finalmente consiguió recuperar el equilibrio.

El tren estaba cada vez más cerca. Kimble sentía un intenso calor en la nuca y los pulmones y las piernas le dolían debido a aquel esfuerzo inhumano, pero deseaba huir, vivir, ser libre y encontrar al asesino de Helen.

De pronto oyó el chirrido de los frenos y el tren se detuvo bruscamente. Al cabo de unos minutos todo quedó en silencio; tan sólo se percibía el crepitar de las llamas. Kimble miró hacia abajo y comprobó asombrado que se hallaba sobre un solevantamiento de tierra de un metro y medio de altura.

Las piernas apenas lo sostenían y sintió que iba a desplomarse, pero en aquel momento se alzó una nube negra de humo y empezó a toser. Al llevarse la mano a la boca, descubrió que todavía sostenía las llaves del viejo Jack.

Kimble se dirigió hacia unos árboles y se sentó, buscando a la luz de las llamas la llave que lo libraría de las esposas. De pronto, una mano le arrebató el manojo de llaves.

—Dame eso —ordenó Copeland.

El resplandor del fuego daba a su rostro un tono rojizo, matizado por las sombras de los árboles. Kimble lo observó mientras se libraba de las esposas y las cadenas.

—Escucha —dijo Copeland en tono amenazador—. No me importa qué camino tomes, pero no me sigas.

Kimble asintió; no tenía la menor intención de seguirlo, Copeland le arrojó las llaves y Kimble se liberó también de las esposas y los grilletes que lo sujetaban, mientras el otro presidiario desaparecía en la oscuridad.

Al cabo de unos minutos echó a correr a la luz de la luna

y de las llamas. Hacía una noche fría y Kimble sintió la helada hierba bajo los pies. Pero el cielo estaba sereno y estrellado, y nada hacía temer una nevada.

Samuel Gerard, el jefe de policía, se apeó del sedán y contempló el espectáculo. A la luz de los reflectores vio a los bomberos sofocando las llamas, mientras unos helicópteros sobrevolaban la zona y un equipo de socorro trataba de penetrar en el autobús siniestrado, el cual se había partido en dos. Era imposible que sus ocupantes hubiesen sobrevivido al impacto.

Había algo que a Gerard no le gustaba nada. Algo que olía a incompetencia.

Se dirigió hacia los cuatro compañeros que se habían apeado del coche aparcado frente al suyo: el joven agente Newman y los jefes de policía Biggs, Renfro y Poole. Ellos echaron a andar por la carretera situada sobre el lugar del siniestro, mientras contemplaban los vagones calcinados del tren.

Biggs se fijó en algo que le llamó la atención y dijo:

—El punto de impacto.

Se dio media vuelta. Gerard le gritó:

—Ahora te toca a ti ocuparte de Newman.

Biggs se volvió con disgusto y miró al joven agente.

—Mierda. —De mala gana se dirigió a Newman—. Venga, vamos.

Sonrojándose, Newman siguió a Biggs hasta el lugar del siniestro. Renfro, un hombre extremadamente delgado, y Poole, una mujer negra con una mirada capaz de helarle a uno la sangre, siguieron a Gerard. Frente a ellos había un nutrido grupo de periodistas y curiosos. Gerard pasó a través de la multitud, pero un policía lo detuvo.

Gerard le mostró su placa y el policía se apartó.

—¿Quién está a cargo de esto? —preguntó Gerard.

Por el rabillo del ojo vio que Renfro y Poole se miraban: quienquiera que fuese, no duraría mucho... A Gerard no le importó. Es más, en el fondo le complacía.

—El sheriff Rollins —respondió el policía—. Siga las luces...

Gerard alzó la vista y unos focos de televisión instalados sobre un montículo lo deslumbraron. Sacudió la cabeza disgustado y se dirigió hacia él.

Renfro y Poole lo siguieron, tratando de reprimir la risa.

Al llegar a la cima de la pequeña colina, Gerard comprobó que las luces de la televisión enfocaban a un hombre sentado junto a un árbol. Era un individuo de unos sesenta años, corpulento, canoso, con el rostro manchado de carbonilla y una expresión de terror. Debajo de la manta que le cubría los hombros llevaba un uniforme roto del Departamento Penitenciario. Le atendían solícitamente unos enfermeros, unos periodistas y un sheriff, de unos treinta años, que evidentemente disfrutaba con el tinglado que se había organizado.

Gerard se detuvo para escuchar al anciano:

—... el tren se precipitó hacia nosotros. No sé cómo, pues todo era muy confuso, pero conseguí sacarlo del autobús.

—Tuvieron suerte de salvarse —dijo el sheriff, dirigiéndose a los periodistas y colocándose de perfil ante la cámara.

Gerard apretó los labios. El anciano asintió y continuó:

—Lo sé. Pero era mi compañero. Sé que él hubiera hecho lo mismo por mí.

Los periodistas lo escuchaban fascinados.

—Disculpe. ¿El sheriff Rollins? —interrumpió Gerard, mostrando su placa—. Soy el jefe de policía Samuel Gerard.

El sheriff miró irritado al intruso y respondió:

—Le atenderé dentro de un minuto.

Uno de los focos iluminó a Gerard, quien miró furioso al cámara, pero cerró la boca y procuró disimular la aversión que le inspiraba aquel arrogante sheriff. En lugar de comentar que si a veces morían víctimas inocentes era por culpa de la incompetencia de personas como Rollins, se limitó a observarlo en silencio mientras éste sacaba de una carpeta las fotos de cuatro presos que les habían enviado por fax y se las enseñaba al anciano.

—Estos tres han muerto —dijo Rollins—. En cuanto a éste, se llama Kimble...

Gerard se acercó, intrigado por la fotografía. No era la foto típica de un preso, de un delincuente, sino de un tipo vestido de esmoquin y con aspecto de estar forrado. Gerard observó los restos del autobús, los vagones abrasados del tren, y de nuevo la fotografía. Ese Kimble parecía el clásico individuo rico y mimado por la vida, incapaz de salir indemne de semejante siniestro.

El anciano se llevó la mano a la boca, como si dudara.

—Todo sucedió tan rápido... —dijo, mordiéndose el labio inferior y sacudiendo la cabeza—. No creo que consiguiera salvarse.

El sheriff Rollins guardó la fotografía de Kimble en la carpeta, junto con las otras.

—Procure descansar —dijo sonriendo y dando al anciano unas palmaditas en el hombro. Luego se levantó y se dirigió a Gerard—. Creo que ha hecho usted el viaje en balde. Mis hombres han registrado toda la zona y no han encontrado nada.

Consciente de que estaba rodeado de periodistas, Gerard miró a Rollins con una leve expresión de disgusto, aunque de haber sabido el odio que le inspiraba, el joven sheriff se habría echado a temblar. Gerard no soportaba el trabajo mal hecho ni la arrogancia, pues sabía que podía costar muchas vidas.

—Con todo respeto, sheriff Rollins, creo que debería establecer unos puntos de control comenzando en un radio de veinticinco kilómetros en la I-Cincuenta y siete, I-Veinticuatro, Trece al este de...

—¡Un momento! —exclamó Rollins, irritado—. ¿Para qué? Todos los presos han muerto. Si establecemos unos puntos de control sólo conseguiremos preocupar a la gente y hacer que bloqueen la centralita de mi despacho.

Gerard miró fijamente a Rollins. El joven sheriff retrocedió, presintiendo por primera vez el odio que emanaba del jefe de policía.

—Francamente, sheriff —dijo Gerard con suavidad—, no me gustaría que pasara eso, de manera que yo mismo me encargaré de la investigación.

Poole y Renfro sonrieron.

Rollins lo miró con gesto desafiante y preguntó:

—¿Quién le autoriza a ello?

Hacía tiempo que Gerard aguardaba esa pregunta.

—El gobernador del estado de Illinois y la oficina del juez del distrito quinto del norte de Illinois...

Poole sacó las autorizaciones estatales y federales de su bolsillo y las enseñó al joven sheriff.

Rollins se quedó de piedra. Bajó la voz para que los periodistas no le oyeran y dijo:

—De acuerdo. Si quiere encargarse de este asunto, adelante. —Luego se dirigió a sus ayudantes y gritó—: ¡Se acabó! Ha venido Wyatt Earp para resolverlo todo.

Tras estas palabras, entregó la carpeta con las fotografías de los presos al jefe de policía y se marchó.

En aquel momento, Biggs se acercó sosteniendo unos grilletes cubiertos de barro. Lo seguía Newman; con las ropas sucias y arrugadas. Biggs, como de costumbre, ofrecía un aspecto impecable.

Al ver los grilletes, Rollins y sus ayudantes se detuvieron en seco. Gerard los miró con expresión de triunfo y se dirigió hacia el anciano.

—Señoras y señores, les ruego que se aparten —dijo a los periodistas—. Este pobre hombre no puede ni respirar.

Los periodistas obedecieron. Gerard se arrodilló frente al anciano, flanqueado por Poole y Renfro, y le preguntó:

—Siempre es interesante encontrar unos grilletes. ¿Quién tenía las llaves?

El viejo guardia respondió:

—Yo.

—¿Sería tan amable de enseñármelas? —pidió Gerard, extendiendo la mano.

Nervioso, el guardia se palpó el cinturón y luego rebuscó en sus bolsillos.

—Le daré una segunda oportunidad —dijo Gerard. Hizo una indicación a Poole y ella mostró al guardia las fotos de los presos—. ¿Qué le parece si empezamos de nuevo?

El anciano apartó los ojos, incapaz de sostener la implacable mirada de Gerard. Luego observó de nuevo las fotos y señaló tímidamente la del doctor Richard Kimble y dijo:

—Es posible que lograra huir.

—Gracias —respondió Gerard.

—¿Qué coño es esto? —protestó Rollins—. Hace un momento me dijo usted que era imposible que se hubiera salvado. Y ahora me viene con que...

Gerard no le hizo caso y continuó:

—Renfro, retire el autobús. Poole, usted se encargará de coordinar las operaciones. —Al cabo de unos instantes empezó a descender la colina mientras conversaba con un pequeño ejército de policías del estado de Illinois y un grupo de periodistas—. Señoras y señores... hace noventa minutos que nuestro fugitivo se ha escapado. El promedio de velocidad a pie en un terreno irregular es aproximadamente de seis kilómetros por hora, lo cual nos proporciona un radio de diez kilómetros. Quiero que registren a fondo todas las casas, gasolineras, granjas, corrales y cobertizos en esa área. Estableceremos un puesto de control cada veinticinco kilómetros. —De pronto se detuvo bruscamente y preguntó a los periodistas—: ¿Lo han comprendido? Perfecto. Ahora hagan el favor de apagar esos focos y apártense de mi camino.

Kimble corría velozmente, siguiendo la vía del tren que serpenteaba a través del oscuro bosque, hasta que el dolor que sentía en el muslo le obligó a detenerse. Se ocultó bajo un árbol y se apoyó contra el áspero y perfumado tronco. Apenas veía nada debido a la oscuridad, pero al palpar suavemente los bordes de la herida comprobó que no había quedado ningún fragmento metálico dentro. No obstante, era una herida muy profunda y convendría que le dieran unos puntos para evitar que se infectara.

Kimble alzó la vista. La vía del tren conducía directamente a unas luces que brillaban a lo lejos; si conseguía llegar a la ciudad, buscaría un hospital.

En ocasiones se sentía esperanzado y otras caía en la más profunda desesperación. Existía la posibilidad de que la policía creyera que había muerto en el siniestro, al menos hasta que el joven guardia al que había salvado la vida se recuperara y les relatara lo sucedido. Eso le daría tiempo de dirigirse a un hospital y coger lo necesario para curarse la herida.

Después de haberse recuperado, regresaría a Chicago y buscaría al asesino de Helen.

Pero si Jack, el viejo guardia, le había visto huir... Si el joven guardia se recuperaba milagrosamente... Si atrapaban a Copeland y le obligaban a hablar... Si peinaban la zona y encontraban los grilletes...

En tal caso establecerían unos puestos de control y los hospitales estarían atestados de policías aguardándole. Suponiendo que la policía obrara con inteligencia.

En el fondo, eso carecía de importancia. Tenía que tratar

de desinfectar la herida y suturarla; de lo contrario moriría a causa de la infección antes de llegar a Chicago. Si se topaba con unos policías en el hospital, tendría que ingeniárselas para poder eludirlos. Si pudiera conseguir ropas limpias...

Kimble se incorporó y echó a correr hacia las luces que resplandecían a lo lejos.

4

Media hora después, Kimble había alcanzado la civilización y el límite del bosque. Junto a una autopista de dos vías había un depósito de chatarra, y junto a éste una farola que iluminaba un cartel del Ministerio de Transportes:

HOSPITAL
URGENCIAS
1 KM

Kimble se aproximó al depósito con cautela, temiendo encontrarse con alguien, pero el lugar parecía desierto. Se dirigió hacia unos desvencijados coches, con la vana esperanza de hallar uno que todavía funcionara, cuando de pronto oyó que un vehículo se acercaba por la autopista. Kimble se ocultó detrás de un árbol y poco después se detuvo frente al depósito un camión remolcador que transportaba un viejo cacharro. El conductor, un hombre mayor, calvo, se apeó, arrojó un mono sobre el asiento delantero, cerró la puerta del camión y se dirigió a la verja.

Aprovechándose de que el conductor estaba de espaldas a él, Kimble metió la mano por la ventanilla y cogió el mono.

El conductor se acercó a la verja, dudó unos instantes, dio media vuelta y regresó al camión. Kimble permaneció inmóvil, temiendo ser descubierto, mientras el hombre abría la portezuela del lado del conductor y cogía una fiambrera que estaba sobre el asiento. Afortunadamente, no reparó en que había desaparecido el mono.

Kimble dio un suspiro de alivio, esperó a que el hombre atravesara la verja y corrió hacia el bosque para ponerse el mono. No valía la pena robar el camión, pues lo descubrirían inmediatamente y alertarían a la policía.

Mientras enterraba el ensangrentado uniforme de presidiario y se enfundaba el mono, Kimble pensó que, paradójicamente, su injusta condena le había obligado a cometer el primer delito.

Poole había montado un cuartel provisional en una tienda cercana al lugar del siniestro, dotada de corriente eléctrica y líneas telefónicas tomadas de las que estaban instaladas junto al ferrocarril. Gerard se hallaba sentado ante una mesa plegable cubierta de mapas decorados con señales y círculos rojos.

Pero en aquellos momentos, Gerard no estaba contemplando los mapas, sino que estudiaba la foto de Richard Kimble.

El autobús se dirigía a Menard, un lugar desagradable donde enviaban a los tipos condenados por crímenes violentos. Y los que estaban sentenciados a muerte. Sea lo que fuese que había hecho Kimble, debía de ser muy grave. Probablemente había matado a alguien.

Sin embargo, sus ojos... aquellos ojos no eran los de un criminal. Gerard había visto cientos de miles de fotos de delincuentes. Sabía qué tipo de mirada tenían: de rencor, de locura, de desafío y, a veces, de indiferencia.

La mirada de Kimble no era así. Expresaba ira, sí, e incluso rabia, pero en aquellos ojos predominaba algo infinitamente más inquietante, algo que al principio Sam Gerard no quiso identificar pero se obligó a hacerlo, porque para él no existía nada más importante que la verdad. Los ojos de Kimble expresaban horror, una emoción tan poderosa que a Gerard, pese a estar acostumbrado a tratar con delincuentes de la peor calaña, le costó identificar.

Dolor.

¿Acaso había sido un crimen pasional? ¿Lo cometió en un momento de furia y luego se arrepintió de haberlo cometido?

En ese caso, no lo habrían enviado a Menard.

En el otro extremo de la tienda, Poole, tras escuchar la radio, dijo a Gerard:

—Han encontrado unas huellas ensangrentadas. A tres kilómetros al sudoeste.

—Que averigüen el grupo sanguíneo y lo comparen con el de los cuatro presos —ordenó Gerard automáticamente. Poole asintió y descolgó un teléfono mientras Gerard se dirigía a Renfro—. Envía a todos los hospitales locales el número de identidad de Kimble. —Tras una pausa, gritó—: ¡Newman!

—Sí, señor —respondió Newman, dispuesto a obedecer las órdenes.

En su fuero interno Gerard sonrió malévolamente, pero permaneció impasible. La semana anterior él y sus ayudantes se habían divertido atormentando al nuevo miembro de su equipo, el cual, por su temperamento maleable, se prestaba a ello.

—Necesito café.

Gerard siguió mirando la fotografía de Kimble.

¿A quién has matado, doctor Kimble? ¿Y por qué?

Quienquiera que fuera la víctima, Gerard se aseguraría de que Kimble no volviera a cometer más asesinatos.

De pronto oyó una exclamación procedente del lugar del siniestro:

—¡Eh! ¡Éste está vivo!

Kimble llegó al hospital al amanecer. No había visto a ningún policía en el aparcamiento. Unos momentos antes se había detenido un camión frente a la entrada de mercancías, y el conductor y uno de los empleados de la cocina se hallaban descargando unas cajas de comida enlatada.

Kimble bajó la cabeza y se ocultó detrás de una de las cajas, de forma que los trabajadores no lo vieran entrar. Una vez dentro, echó a andar por un pasillo.

Estaba de suerte. La primera sala de curas que encontró estaba vacía. Cerró la puerta a sus espaldas y buscó en los botiquines hasta que encontró lo que necesitaba: sutura, fórceps, lidocaína, ampicilina y una jeringa, un desinfectante, unas vendas y una bata blanca para ocultar las gotas de sangre que tenía en el mono. Después de enfundárselo, metió los objetos que había sustraído en los bolsillos del mono, se limpió la herida, la suturó, se puso una inyección de ampicilina y salió de nuevo al pasillo.

Todavía quedaba por resolver el problema de la ropa limpia, la comida, el dinero y la barba.

Se dirigió a la planta de los pacientes y leyó los historiales junto a la puerta de las habitaciones hasta dar con un varón que tuviera más o menos su mismo peso y estatura, al cual le hubieran administrado unos calmantes, y entró en la habitación.

En la cama yacía un hombre intubado, aproximadamente de la talla de Kimble, durmiendo con la boca abierta. Kimble cerró la puerta sigilosamente y se acercó a él.

—¿Me oye, señor?

El hombre no respondió. Kimble se dirigió al armario y descolgó la ropa. En el bolsillo del pantalón sonaban unas monedas. Kimble sacó un fajo de billetes de un dólar y, tras dudar unos instantes, se los guardó en el bolsillo. Al fin y al cabo, necesitaba dinero para sobrevivir. Luego cogió las gafas de leer de la mesilla de noche, confiando en que el hombre tuviera otras de recambio.

Había cometido su segundo delito.

Kimble se quitó el mono y se puso la ropa del paciente. Junto al lecho estaba la bandeja del desayuno, intacta, y se comió un par de tostadas.

Al pasar frente al baño, se detuvo para mirarse en el espejo. Presentaba un aspecto atroz: despeinado, con el rostro y la barba manchados de barro. Miró la maquinilla de afeitar y se detuvo, recordando la fotografía que le habían tomado en la comisaría la noche del asesinato de Helen.

Casi había terminado de afeitarse cuando entró una enfermera; Kimble se ocultó detrás de la puerta del baño, sin atreverse a respirar siquiera. La enfermera no reparó en él, ni siquiera cuando entró en el baño para llenar la jarra de agua que había junto al lecho del paciente.

Al cabo de un rato salió de la habitación limpio y afeitado, luciendo unas gafas y una bata blanca. Mientras caminaba por el pasillo se sintió exultante: lo conseguiría. Sólo tenía que salir del hospital, llamar a Walter Gutherie y...

Se detuvo bruscamente.. Junto al mostrador de recepción, a pocos metros de él y de la salida, había un policía contemplando un fax que acababan de recibir.

Kimble dio media vuelta. El policía se acercó a él y dijo:

—Disculpe, doctor...

Kimble se volvió pero siguió retrocediendo hacia la puerta, tratando de contener el impulso de echar a correr.

—No sé si le habrán informado —dijo el policía—, pero estamos buscando a un preso que ha huido del autobús que chocó hace unas horas con un tren. Es posible que acuda aquí para curarse las heridas.

Kimble lo observó con curiosidad y respondió:

—¿Qué aspecto tiene?

El policía miró el fax y Kimble notó unas gotas de sudor en la frente. Al enjugarse la sien descubrió que tenía los dedos manchados de sangre. Se los limpió rápidamente mientras el policía leía el fax.

—Mide aproximadamente un metro ochenta y tres centímetros, pesa unos ochenta y cinco kilos, tiene el pelo y los ojos castaños y la barba canosa —dijo el policía—. ¿Ha visto a un hombre que se ajuste a esta descripción?

—Cada vez que me miro en el espejo —contestó Kimble—, pero sin la barba.

El policía se echó a reír.

—Disculpe —dijo Kimble, y atravesó la puerta de la sala de urgencias.

El policía no lo siguió, y nadie lo detuvo ni le hizo ninguna pregunta. Parecía, efectivamente, un médico. Al cabo de un rato salió de la sala de urgencias y vio una ambulancia aparcada frente al edificio.

Las puertas traseras de la ambulancia se abrieron de golpe, obligándole a detenerse. Sorprendido, Kimble retrocedió mientras unos enfermeros sacaban a un herido de la ambulancia. Las ruedas de la camilla se atascaron en la rampa de acceso y Kimble les echó una mano.

—Gracias, doctor —dijo uno de los enfermeros—. Lo hemos sacado de debajo de las ruedas de un tren.

Kimble levantó la sábana que le cubría parcialmente el rostro y comprobó que se trataba del joven guardia a quien había salvado la vida. Los enfermeros habían conseguido reanimarlo.

El guardia miró a Kimble, parpadeando, y luego abrió los ojos por completo. Se apartó la máscara de oxígeno que le cubría la boca y murmuró:

—Es él... Es Kim...

Kimble le colocó de nuevo la máscara sobre la boca y preguntó a los enfermeros:

—¿Cómo está?

—Bastante mal —contestó uno—. Tiene una pierna y varias costillas rotas. Sufre conmoción cerebral.

—Dígale al médico de urgencias que tiene también el bazo perforado.

El enfermero lo miró atónito. Mientras se llevaban al herido a la sala de urgencias, Kimble oyó que uno de ellos decía:

—¿Cómo lo habrá adivinado?

Kimble se apoyó unos instante contra la ambulancia, tratando de dominar sus nervios, y luego se acomodó en el asiento del conductor.

En el lugar del siniestro reinaba el silencio, excepto por unos pocos miembros del equipo de socorro que todavía estaban trabajando. El circo se había trasladado al campamento del jefe de policía, erigido sobre la colina. Gerard y sus lacayos contestaban a los teléfonos que no paraban de llamar, leían los faxes que recibían continuamente y añadían nuevos datos a una enorme pizarra. De la tienda entraba y salía un constante desfile de policías.

Renfro, de pie junto a Gerard, sacó un fax que acababa de llegar y lo sostuvo de modo que Poole también pudiera leerlo. Gerard vio la foto de Kimble junto a una lista de datos. No alcanzaba a ver el rostro de Renfro, pero sí la expresión de asombro que mostraba Poole, y se preguntó si habría advertido en los ojos de Kimble lo que había visto él.

Tras leer el fax, Poole declaró:

—Acaban de enviarnos sus antecedentes de Chicago.

Gerard se volvió hacia ella.

—Adelante —indicó.

Renfro leyó el fax con su espléndida voz de tenor, mientras Poole, que le sacaba una cabeza y era el doble de corpulenta que él, lo observaba fijamente.

—Richard David Kimble. Cirujano vascular. Condenado por el asesinato en primer grado de su esposa. Se dirigía a Menard, donde debía ejecutarse la sentencia de muerte.

«De modo que había sido efectivamente un crimen pasional», pensó Gerard. Renfro prosiguió:

—Aseguró que era inocente. Alegó que un manco...

Gerard lo interrumpió.

—No es necesario que nos detengamos en esos detalles —dijo, luego se levantó y salió de la tienda.

Poole y Renfro lo siguieron.

—¿Algún cómplice? —preguntó Gerard, deteniéndose junto a un árbol.

—No —contestó Renfro—. Tampoco había sido arrestado con anterioridad.

Poole se volvió discretamente cuando Gerard se desabrochó la bragueta para orinar.

—¿Algún delito juvenil? —dijo el jefe de policía.

—Nada —respondió Poole.

—¿Parientes? ¿Hijos?

—No tiene parientes —contestó Renfro.

—Un hijo —intervino Poole suavemente. Gerard la miró sorprendido—. Un varón. Murió ahogado hace tres años.

El cerebro de Gerard, mortífero como una trampa, se abrió ligeramente para dejar que se filtrara una palabra: dolor. La desterró inmediatamente y empezó a crear una imagen distinta de Kimble, quien había sido enviado a Menard por haber matado a su esposa.

—¿Novias? ¿Ex esposas? ¿Amigos?

Pero Poole no le proporcionó lo que pretendía: un motivo para odiar a Kimble.

—Tiene muchos amigos. Sobre todo médicos y personal del hospital.

Gerard se abrochó la bragueta y dijo:

—Empezaremos por esto. Pincharemos el teléfono de sus amigos y allegados. En primer lugar, el de su abogado.

Renfro miró desconcertado al jefe de policía

—No lo conseguirá —dijo.

—¿Te apuestas algo? —contestó Gerard.

Renfro sonrió tímidamente y sacudió la cabeza; conocía demasiado bien a Gerard.

—Dile a Stevens que hable con el juez Rubin. Él firmará las autorizaciones.

En aquel momento apareció Biggs, jadeando, y dijo:

—El guardia herido jura por lo más sagrado haber visto a Kimble frente al hospital De Lange. Ha robado una ambulancia.

Gerard regresó a la tienda y se dirigió al mapa con la velocidad y la firmeza de una flecha en busca del blanco.

—¿A qué hora? —preguntó a Biggs.

—A las nueve y media. Hace veinte minutos.

Gerard modificó el círculo de unidades de forma que éste ya no cubría un radio de ochenta kilómetros. El nuevo círculo era más pequeño, y el hospital estaba en el centro. Gerard pensó en Kimble y en tres mujeres asesinadas, y experimentó la siniestra satisfacción de un verdugo al apretar la soga alrededor del cuello de un condenado.

En la ambulancia, Kimble oyó a la policía hablando por la radio del vehículo.

La sensación de libertad le hacía sentirse exultante. Por primera vez desde que había perdido a Helen tenía un propósito en la vida; eso era su único consuelo. Jamás regresaría a la cárcel, no permitiría que la muerte de Helen cayera en el olvido.

Por amor a Helen, estaba resuelto a seguir viviendo al menos hasta dar con el hombre que la había asesinado.

De pronto sonó una monótona voz por la radio de la ambulancia:

—Estamos esperando en Canton. ¿Sabes algo acerca de ese tal Kimble que ha huido?

Kimble se inclinó adelante y pisó el freno para no embestir a tres coches que habían aminorado la marcha frente a un paso a nivel.

—Dos-doce-A —contestó otra voz—. Todo comentario sobre este asunto debe realizarse a través de una frecuencia táctica, por el canal K o Z. Corto.

Luego se hizo el silencio. Kimble giró rápidamente la cabeza para leer un cartel que decía: Canton, 4 km.

Los coches frente a él se detuvieron mientras la luz del paso a nivel permanecía en rojo y las barreras empezaban a descender lentamente.

Kimble conectó la sirena y apretó el acelerador. La ambulancia pasó por debajo de las barreras, atravesó la vía y se alejó a toda velocidad.

Poole colgó el teléfono y se dirigió a Gerard. El tono de su voz, por lo general reposado, sonaba media octava más alto de lo normal:

—Acaban de ver una ambulancia a cuatro kilómetros al oeste de Doverville. Se dirige al norte de la autopista Cincuenta y tres.

Renfro se volvió hacia el mapa y lo señaló, añadiendo una enorme X junto a las que figuraban en el lugar del siniestro y el hospital, y trazando un círculo más pequeño. El cerco se iba estrechando. Miró de reojo a Gerard y dijo:

—Al final nos quedaremos sin mapa, Sam.

Gerard sonrió satisfecho.

—Eso es justamente lo que pretendemos. De acuerdo, chicos, vámonos a casa.

Mientras se dirigía al helicóptero que aguardaba, experimentó una curiosa sensación. La que solía sentir al impedir que un criminal siguiera haciendo daño.

Instintivamente, Kimble viró y se dirigió hacia el sur, hacia Kentucky. Cruzó la frontera del Estado temiendo toparse con un puesto de control, pero por fortuna no fue así.

La autopista de dos vías discurría por un terreno verde, rodeado de colinas. Al cabo de un rato el tráfico se hizo más intenso, una versión rural de la hora punta matutina. Kimble buscó en la guantera y debajo de los asientos hasta encontrar un mapa. Lo desdobló y lo apoyó contra el volante.

En las aguas del río Tennessee se reflejaba el sol matutino. Sobre él se erguían los inmensos arcos del viaducto Grosvenor y, a unos metros de distancia, la presa Barkley.

Kimble se dirigió hacia el viaducto y penetró en un largo túnel, débilmente iluminado. Casi había alcanzado el otro extremo cuando súbitamente oyó un helicóptero, que aterrizó en la boca del túnel, en medio de la autopista.

Kimble pisó el freno y se volvió para mirar hacia atrás. Los vehículos que lo seguían frenaron también bruscamente mientras los airados conductores le lanzaban improperios y hacían sonar el claxon.

Detrás de él, en la otra entrada del túnel, vio unos coches patrulla que formaban una barrera y a unos policías colocando unas señales luminosas.

Kimble arrancó de nuevo sin fijarse en unos policías que se habían detenido detrás del helicóptero, los cuales se apearon de sus vehículos desenfundando apresuradamente las armas. Tan sólo veía a Helen, con la cabeza destrozada y tratando de hablar:

—Mi cabeza... Richard... abrázame...

Mientras hablaba, su rostro cambió, transformándose en el de su asesino. En aquel momento, uno de los policías gritó a través de un megáfono:

—Les rogamos que permanezcan en sus vehículos y cierren las puertas. Repito, les rogamos que permanezcan en sus vehículos...

—Ya lo tenemos —dijo Renfro, entusiasmado, entregando a su jefe un chaleco antibalas.

Como de costumbre, Poole estaba junto a él.

Gerard se puso el chaleco y sacó su revólver, un modelo Glock 22 del calibre 40. Estaba satisfecho de haber cumplido con su labor, aunque lamentaba que todo hubiera resultado tan sencillo. De algún modo, había confiado en que Kimble les diera más guerra.

Al mismo tiempo se sentía aliviado de que todo hubiera terminado. Quería apresar él mismo a Kimble, y confiaba en poder atraparlo vivo para hacerle unas cuantas preguntas. Miró a Poole y a Renfro y luego el túnel, oscuro y profundo, y dijo:

—De acuerdo, señoras y señores. Lo más difícil ha terminado.

En realidad, temía que lo más difícil no hubiera empezado todavía.

—Les rogamos que permanezcan en sus vehículos y cierren las puertas...

Al llegar a la mitad del túnel, Kimble se apeó de la ambulancia y vio, iluminados por la luz que penetraba por la boca del mismo, la silueta de tres policías que avanzaban hacia él. Se arrojó al suelo y se ocultó debajo del vehículo, sintiendo el agua helada que se deslizaba por sus manos y por debajo de las rodillas.

Su instinto le aconsejaba permanecer inmóvil, sin resistirse, dejar que lo atraparan, sobrevivir a toda costa.

Pero su voluntad y el dolor prevalecían. No podía regresar a la cárcel, a una existencia sin sentido. En la cárcel no podría encontrar al asesino de Helen; sólo lo hallaría si era libre. Se resistiría a toda costa, arriesgaría su vida con tal de escapar. En caso necesario, estaba dispuesto incluso a morir. Al fin y al cabo, la muerte significaba el fin de aquel frío y oscuro sendero que había emprendido.

Pero mientras permanecía tendido sobre el helado y húmedo asfalto, no vio otra opción excepto la muerte. No había forma de escapar del túnel. Sólo había dos salidas, y ambas estaban bloqueadas por la policía. Sólo dos...

Kimble observó las heladas gotas de agua que le caían sobre el dorso de las manos y, más allá, la parrilla de hierro en el suelo.

Renfro y Poole se situaron a ambos lados del túnel y Gerard en el centro. El jefe de policía se movía con decisión y cautela, obligando a los conductores que hacían caso omiso de la advertencia de la policía a subirse de nuevo en sus coches. En el túnel reinaba un profundo silencio, interrumpido de vez en cuando por la advertencia difundida a través del megáfono:

—Repito, les rogamos que permanezcan en sus vehículos...

Gerard centró su atención en los sonidos: su respiración, sus sigilosos pasos, las pisadas apenas audibles y remotas de Renfro y Poole, el suave murmullo del agua...

Al llegar a mitad del túnel se encontraron con Biggs. La expresión de éste indicaba lo mismo que la de Renfro y Poole: confusión. Los tres miraron de nuevo debajo y en el interior de los vehículos, mientras Gerard cerraba los ojos y aguzaba el oído.

—¿Dónde se habrá metido? —preguntó enojada Poole.

Gerard abrió los ojos, se dirigió hacia el lugar donde el arcén de la carretera se unía al túnel, y señaló el agua que se deslizaba por el suelo. Acompañado por Poole, avanzó unos metros hasta dar con la parrilla del colector de aguas pluviales. Estaba suelta y era lo bastante grande para que un hombre pasara a través de ella.

Gerard sintió una mezcla de alegría y rabia.

—¡Biggs! —gritó—. ¡Renfro! Acompañadme.

Después de levantar la parrilla, los tres se introdujeron por el colector. En primer lugar bajó Renfro, que era el más menudo y ágil, luego Gerard y por último Biggs, quien, debido a su robusta complexión, apenas podía deslizarse por el agujero. Poole les arrojó unas linternas.

El agua les llegaba a los tobillos y las paredes estaban cubiertas de musgo. Gerard avanzó con cautela por el resbaladizo suelo, iluminando con la linterna los muros del conducto, por encima del nivel del agua, cuando de pronto descubrió unas manchas recientes de agua que indicaban que Kimble acababa de pasar por allí. Los tres hombres avanzaron hacia unos túneles que se bifurcaban. Renfro soltó una exclamación e iluminó con su linterna una chaqueta que yacía en el agua, junto a uno de los túneles.

Gerard cogió su radio y dijo:

—Sintonizad el canal tres.

Biggs y Renfro le obedecieron y luego los tres hombres se separaron. Gerard echó a andar por el conducto que su instinto de depredador le decía que era el que había tomado Kimble.

Gerard era siempre el primero en dar con el paradero de un fugitivo, y Poole solía decirle en broma que tenía el olfato de un sabueso. En ocasiones, cuando no estaban ocupados, se entretenían con un juego que consistía en que Gerard cerrara los ojos mientras Poole le daba a oler sus respectivos revólveres y le preguntaba a quién pertenecían. El jefe de policía acertaba la respuesta en el noventa por ciento de los casos. Otras veces simplemente colocaban las manos debajo de su rostro, y jamás se equivocaba.

Gerard imaginó que podía oler a Kimble.

El conducto se bifurcaba de nuevo, a la derecha, y Gerard iluminó el túnel con su linterna. Cuando se disponía a atravesarlo, algo (el olor de Kimble) lo hizo detenerse. Al nivel de los hombros había unas zonas donde el musgo había sido arrancado por manos humanas.

—He encontrado una posible pista —anunció a través de la radio.

Luego se guardó la linterna en el bolsillo y, sujetando el arma con la mano derecha, echó a andar por el túnel.

Debido a la inclinación descendente del túnel, y al hecho de que no llevaba suelas de goma, a Gerard le resultaba difícil avanzar por él. En una ocasión resbaló y estuvo a punto de caerse, pero recuperó el equilibrio y siguió avanzando lentamente.

Al cabo de un rato resbaló de nuevo y el revólver y la radio se le cayeron de las manos, mientras Gerard movía los brazos para no perder el equilibrio. Al fin consiguió agarrarse a una tubería, sacó la linterna e iluminó con ella el suelo del pasadizo hasta que encontró su revólver. Luego avanzó con cautela, apoyando una mano en la pared para no volver a perder el equilibrio, y se inclinó para cogerlo del suelo.

Pero una mano cogió el revólver antes que él lo consiguiera. Gerard alzó la cabeza y vio unos ojos que le resultaban conocidos, unos ojos que expresaban al mismo tiempo rabia y desesperación, los ojos del doctor Richard Kimble.

5

Gerard observó fijamente a su presa.

El rostro de Kimble mostraba la expresión de un hombre perseguido, una expresión amenazadora y peligrosa, al igual que el arma que sostenía en la mano. Gerard se dijo que era un hombre peligroso, desesperado. Un asesino que había conseguido fugarse. Un hombre condenado a muerte por el abyecto crimen que había cometido.

Pero Gerard no tenía miedo. La mirada que había advertido en la foto de Kimble era la misma que contemplaba ahora. Kimble no dispararía contra él.

Gerard retrocedió, dispuesto a abalanzarse sobre él a la primera oportunidad.

—Yo no maté a mi esposa —dijo súbitamente Kimble.

—Eso no es asunto mío —respondió Gerard.

Kimble se sobresaltó al oír la voz de Biggs a través de la radio:

—¿Gerard? ¿Estás ahí?

Gerard se volvió hacia el lugar de donde provenía la voz de Biggs (por espacio de un segundo, menos de un segundo) y cuando giró de nuevo la cabeza comprobó que Kimble había desaparecido.

Cogió una pistola que llevaba oculta en el calcetín y echó a andar apresuradamente por el conducto. De pronto Renfro salió de un túnel que se comunicaba con el conducto, y estuvo a punto de derribar a Gerard.

—¡Adelante! —gritó el jefe de policía.

Al cabo de unos momentos apareció Biggs y los tres hombres echaron a correr tras Kimble.

Kimble metió el arma en el cinturón del pantalón y echó a correr por el túnel, siguiendo el sonido del agua hasta que se convirtió en un rugido ensordecedor que sofocaba todos los demás sonidos. Luego dobló una esquina y se detuvo.

El túnel finalizaba bruscamente. Frente a él había luz y un ruido tan intenso que le obligó a taparse los oídos con las manos. El agua le llegaba a los tobillos y se deslizaba hacia el aliviadero de la presa de Barkley, para caer en una violenta y poderosa cascada de unos cincuenta metros.

Era un espectáculo impresionante.

Si se lanzaba al agua temía perder el conocimiento a causa del impacto y morir ahogado.

No podía morir. Era necesario que encontrara al asesino de Helen.

De pronto oyó unos pasos tras él. Al girarse vio al hombre a quien había arrebatado el revólver empuñando una pistola más pequeña. Iba acompañado de otro hombre, más bajo y delgado, que también le apuntaba con una pistola.

—Vuélvase —le ordenó el hombre al que le había sustraído el arma—. Coloque las manos sobre la cabeza y arrodíllese.

Kimble se giró hacia el agua.

—Arrodíllese —repitió el hombre.

Kimble se inclinó lentamente, contemplando la cascada, y se tiró.

Renfro dijo asombrado:

—Será hijo de puta...

Gerard permaneció inmóvil ante la boca del túnel, sintiendo las gotas de agua que caían sobre su rostro mientras contemplaba la cascada.

Lo que había hecho Kimble era una temeridad, el tipo de gesto que habría hecho un asesino enloquecido. Había visto a Kimble frente a frente y había observado la desesperación, la obsesión que expresaba su mirada.

Al atardecer, los superiores de Gerard insistieron en que suspendiera la búsqueda del fugitivo debido a problemas de presupuesto, pero éste envió la foto de Kimble a todas las comisarías y oficinas del sheriff de los seis Estados circundantes.

Mientras los policías registraban el terreno, Gerard observaba desde la orilla el barco que dragaba la presa. No se había encontrado ningún cadáver, y el jefe de policía llegó a experimentar una curiosa mezcla de rabia y alivio.

En aquel momento un capitán de policía se acercó a Gerard y le dijo:

—Está oscureciendo, inspector.

—No tardarán en llegar unos reflectores y unos generadores, capitán.

—No pretendo decirle cómo debe hacer su trabajo—insistió el capitán, adoptando un tono familiar y confidencial que molestó a Gerard—, pero sólo una persona entre un millón pudo salir con vida. Ese tipo es pasto de los peces.

Gerard miró fríamente al capitán y contestó:

—Entonces, tráigame al pez que se lo ha comido.

Y tras esas palabras se volvió y observó mientras la draga emergía del agua por enésima vez, vacía. Vacía.

El ímpetu de la corriente lo dejó sin aliento y Kimble se precipitó por la catarata casi inconsciente, sordo, jadeando.

Al cabo de unos momentos alcanzó la superficie, tratando de aspirar aire, y se deslizó hacia la parte inferior de la presa, donde la obra de hormigón creada por el hombre daba paso a un bello paisaje fluvial. Al llegar a un recodo del río chocó con unos juncos y unos maderos que habían quedado atrapados por una rama. Kimble intentó agarrarse a ella, pero la corriente era muy impetuosa. La rama se partió y Kimble siguió deslizándose por el río. Al cabo de un rato consiguió alcanzar la orilla. Anduvo a lo largo de varios kilómetros, temblando de frío mientras el viento y el débil sol invernal le secaban la ropa. Sonrió al comprobar que aún llevaba cuatro billetes de un dólar en el bolsillo, y el revólver en el cinturón de los pantalones. Había cometido el tercer y cuarto delitos: resistirse a ser arrestado y robar un arma. Se estaba convirtiendo en un peligroso delincuente. Se acercó a la orilla y arrojó el revólver al agua.

Caminó hasta el anochecer, sin hacer caso del dolor que sentía en todo el cuerpo, animado por la satisfacción de haber conseguido huir y por la firme convicción de que hallaría al manco que había matado a Helen. Se refugió del viento debajo de un puente, se cubrió con unos trozos de cartón y hojas muertas, y cayó dormido. Al cabo de un rato pasó un tren.

Kimble no se despertó, pero el ruido penetró en la periferia de su subconsciente, creando unas confusas imágenes: las luces del tren, la sensación de estar atrapado dentro de un autobús que había sufrido un accidente, la expresión de terror del joven guardia al creer que Kimble iba a abandonarlo y, de nuevo, la misma expresión en su rostro cuando lo reconoció en el hospital.

Las imágenes dieron paso a un sueño. Kimble se encontró de pronto lejos del lugar del accidente, lejos de la cárcel, en casa, en su confortable lecho, cubierto por sábanas limpias de algodón y un cálido edredón. En su sueño abrió los ojos y se volvió hacia la ventana, por la que penetraba el sol transformando el polvo en brillantes y, junto a él, vio a su esposa. Helen abrió los ojos lánguidamente, le sonrió y se acercó a él. Mientras se besaban, Kimble aspiró un perfume a rosas. Luego se apartó para contemplarla, para admirarla, para acariciar su rostro, feliz de comprobar que su mirada era serena, vibrante, llena de vida. Kimble se levantó, sintiéndose asombrosamente ágil y fuerte, y se acercó a la ventana para contemplar el cielo, azul y despejado. Más abajo, el pequeño y cuidado jardín estaba lleno de rosas. El aire parecía impregnado de alegría. Kimble se volvió y contempló a su esposa, tendida en el lecho, medio dormida; sonrió y se dirigió hacia la puerta del dormitorio.

Súbitamente se produjo un movimiento. Una mano lo agarró por el cuello con tal fuerza que casi lo derribó. Kimble parpadeó, y cuando recobró la vista vio el repugnante rostro del manco.

Angustiado, Kimble abrió los ojos. El sol lucía con fuerza y los pájaros cantaban en los árboles. Se incorporó, apartando las hojas y los pedazos de cartón que lo cubrían, y se pasó la mano por la frente mientras recordaba dónde se hallaba y lo que debía hacer.

Tras eliminar todo indicio de su presencia, se dirigió a la ciudad, resuelto a encontrar el medio de llegar a Chicago y dar con el manco.

Kimble cometió su quinto delito en un *drusgstore*, donde robó sin mayores dificultades unas tijeras y un frasco de Lady Clairol, un tinte para el pelo. Se estaba convirtiendo en un consumado ladrón.

Luego entró en una cabina telefónica y utilizó parte de las monedas que también había robado para poner una conferencia.

—Despacho de Gutherie, Morgan y Wainwright.

—Quisiera hablar con Gutherie —dijo Kimble.

—Lo siento. El señor Gutherie está ausente y no regresará hasta mañana. ¿Deseaba dejar algún recado?

Kimble colgó.

Luego se dirigió a una gasolinera, entró en el baño, sacó los objetos robados del bolsillo y se puso manos a la obra. Al mirarse en el espejo comprobó que los resultados eran satisfactorios, aunque ofrecía una imagen poco atrayente. De pronto oyó que se detenía un vehículo y unas voces junto a la puerta.

—Entra de una vez o no llegaremos nunca —gritó un hombre—. ¿Dónde está Adam? ¡Adam!

Acto seguido oyó que alguien tiraba de la cadena del retrete. Kimble se sobresaltó; creía que estaba solo, pero era posible que mientras se enjuagaba la cabeza en el lavabo hubiera entrado alguien en el servicio sin que él se diera cuenta.

Un niño de unos cuatro o cinco años salió del cubículo. Se detuvo unos instantes para mirar a Kimble con ojos grandes y de mirada seria, se lavó las manos y salió apresuradamente.

Kimble salió tras él y lo vio dirigirse hacia una ranchera que estaba aparcada junto a la gasolinera. Mientras el niño subía al vehículo, Kimble vio que el coche tenía matrícula de Illinois y una escalera que llegaba hasta el techo.

En el despacho del jefe de policía de Chicago, Gerard se hallaba sentado a una mesa junto a Newman, Renfro, Poole y Biggs. A la izquierda de Poole reposaba un montón de carpetas sobre la bruñida superficie: a su derecha estaban las dos últimas carpetas que quedaban por revisar. Poole cogió una, sacó de ella una foto y se la pasó a Newman, que estaba sentado a su izquierda.

—Éste es Willis Johnson —dijo Poole. Tras examinar la fotografía, Newman se encogió de hombros y se la pasó a

Renfro, que la estudió durante unos instantes antes de pasársela a Biggs–. Huyó de Menard el once de febrero. Aquí tenéis la foto que le tomó la policía para que las comparéis. –Ésta pasó también de manos de Newman a Renfro y a Biggs, quien colocó ambas fotos juntas.

–Se parece a él –observó Biggs.

Luego pasó ambas fotografías a Gerard, que cogió la más reciente y rechazó la foto de la policía. No tenía necesidad de mirarla; conocía de memoria los rasgos de Willis Johnson y hubiera sido capaz de reconocerlo entre mil personas.

Gerard observó la instantánea durante un segundo y luego la arrojó sobre la mesa.

–No es él –dijo tajantemente.

Biggs pasó a Poole la foto tomada por la policía y ésta la guardó en la carpeta junto con la otra, sin hacer el menor comentario. A nadie se le ocurrió cuestionar la afirmación de Gerard, pues tenía una gran habilidad para reconocer a un tipo, aunque estuviera disfrazado.

Poole abrió la otra carpeta mientras Gerard abordaba el último tema del día:

–Copeland.

Copeland tenía una importancia especial para él por dos motivos: primero, porque era un asesino brutal; segundo, porque se hallaba en el autobús siniestrado, junto a Kimble.

Renfro se inclinó adelante para comentar las últimas noticias del caso:

–Tiene una novia. Ayer dejó la oficina donde trabajaba y retiró doscientos dólares de un cajero automático.

Poole asintió, contemplando el contenido de la carpeta de Copeland.

–Descubrieron su coche en el este de St. Louis.

Gerard se reclinó en la silla, con las manos en la nuca, y preguntó:

—¿La han visto con alguien que viva en esa zona?

—No —contestó Poole.

—Seguid buscando —dijo Gerard.

Luego se incorporó bruscamente, dando por concluida la sesión. Al coger la carpeta que había estado estudiando últimamente, la foto de Kimble cayó sobre la mesa. Cuando se disponía a recogerla, Gerard advirtió que Newman lo observaba con una curiosa expresión.

Sin hacer caso, Gerard preguntó a Poole:

—¿Me has conseguido la transcripción del juicio de Kimble?

El oscuro rostro de Poole no revelaba el menor asombro ante la extraña pregunta de su jefe. Éste jamás había demostrado interés en conocer los pormenores del caso; tan sólo le interesaba averiguar los datos necesarios para atrapar a Kimble.

—Está en su mesa —respondió Poole, un tanto azorada.

—Gracias —dijo Gerard.

Cuando los otros salieron, se giró en su silla hacia la pared y miró el tablón lleno de carteles de fugitivos, deteniéndose en el rostro de Kimble.

—¿Qué es eso?

Gerard volvió la cabeza bruscamente y vio a Newman junto a él, observándolo todavía con una curiosa expresión.

—El purgatorio —contestó lentamente—. Donde las almas perdidas reposan hasta que reaparecen milagrosamente en el mundo de los vivos, o yo las declaro oficialmente muertas.

Kimble había creído que la noche anterior era la más fría que había pasado en toda su vida, pero mientras la ranchera se dirigía hacia el norte, el cielo se nubló y empezó a soplar un viento helado. Kimble se agarró titiritando al tejadillo del vehículo, tratando de mantener el equilibrio.

El viaje duró varias horas. Al cabo de un rato, Kimble se giró para leer una señal y comprobó que habían atravesado la frontera del Estado.

Cuando llegaron al restaurante de Sonny, situado en el centro de Illinois, estaba aterido de frío y tenía las uñas violáceas. Aguardó a que los ocupantes del vehículo bajaran antes de atreverse a descender del techo.

Al entrar en el restaurante, vio un teléfono junto a los servicios y se dirigió apresuradamente hacia él. Cuando se disponía a marcar, se dio cuenta de que era el fin de semana y no sabía el número del teléfono particular de Walter. No obstante, decidió llamar a su despacho, confiando en que alguien atendiera el teléfono.

—Éste es el despacho de Gutherie, Morgan y Wainwright —dijo el contestador automático—. Nuestro horario de oficina es de nueve a cinco, de lunes a viernes. Si desea dejar un mensaje...

Kimble colgó.

Luego entró en el comedor y se sentó en el mostrador. El olor de comida le recordó que estaba famélico.

El niño cuyo padre era el propietario de la ranchera salió del servicio y lo miró sorprendido. Kimble se apresuró a bajar la cabeza para que no lo reconociera.

Una camarera de unos cuarenta años, guapa pero de rasgos un tanto duros, con el cabello cubierto de laca, se inclinó sobre el mostrador y le llenó la taza de café.

—¿Desea ver la carta? —le preguntó amablemente.

—Tráigame un plato de sopa —contestó Kimble tratando de sonreír.

—Ha elegido bien —dijo la camarera, guiñándole un ojo.

El café lo reanimó. Después de beberse media taza, empezó a pensar en la estrategia que debía seguir. No estaba lejos del centro de Chicago; y el despacho de su abogado estaría abierto el lunes, a las nueve de la mañana. Pero hasta entonces tenía que hallar el medio de llegar al centro y conseguir un poco de dinero.

De pronto oyó un ruido y al girarse vio a un hombre con un delantal, con cara de pocos amigos, lavando unos platos en el fregadero. El hombre miró durante unos instantes a Kimble, como si tratara de recordar dónde lo había visto antes.

Kimble se volvió, tratando de dominarse, y siguió tomándose el café mientras el hombre regresaba a la cocina. Disimuladamente, Kimble echó un vistazo a su alrededor para comprobar si había alguien que pudiera identificarlo y advirtió que un anciano lo miraba fijamente.

Junto a la entrada del restaurante se fijó en un hombre que estaba hablando por teléfono sin quitarle la vista de encima. Kimble se sobresaltó.

«Dios mío, está hablando con la policía», pensó.

Luego respiró hondo y trató de relajarse. En realidad, el anciano no lo estaba mirando a él, sino a una camarera. Y el viejo granjero estaba hablando con un amigo.

Al menos, eso esperaba Kimble.

Pero no conseguía tranquilizarse. En aquel momento una camarera más joven que la anterior, con el cabello largo, colocó frente a él un plato de sopa. Kimble cogió la cuchara con mano temblorosa y mientras tomaba un sorbo del caldo de pollo, vio por el rabillo del ojo que la primera camarera que lo había atendido se estaba poniendo el abrigo.

Probablemente se disponía a ir a la policía.

Kimble notó que el corazón le latía aceleradamente, pero siguió tomándose la sopa. Era preciso que se alimentara para no perder las fuerzas. Al cabo de unos minutos, más relajado, miró el pequeño televisor que había sobre el mostrador. En aquellos momentos estaban dando las noticias de la noche. Mientras se tomaba la sopa, Kimble escuchó, entre otras, la noticia acerca de la captura de un alijo de drogas en Chicago, seguida de un anuncio publicitario de comida para perros. De pronto apareció en la pantalla una imagen conocida: la presa de Barkley.

Se trataba de una crónica sobre su huida. Mientras el locutor describía la forma en que el jefe de policía Samuel Gerard y su equipo de colaboradores habían perseguido al fugitivo, apareció en pantalla la foto de Kimble tomada por la policía.

Kimble dejó la cuchara, sacó unos dólares del bolsillo y los arrojó sobre el mostrador. Al salir, oyó que el locutor decía:

—Según el jefe de policía Gerard, Kimble huyó lanzándose a las aguas de la presa de Barkley. Se supone que se ha ahogado. Las autoridades locales han dragado la presa, pero hasta el momento no se ha hallado ningún cadáver...

En el exterior, la noche era fría y las farolas iluminaban el aparcamiento. Kimble echó a andar hasta que se alejó del restaurante y luego empezó a correr, convencido de que no tardaría en oír las sirenas de la policía.

Siguió corriendo a lo largo de la carretera, hacia la estación de tren situada a la entrada de la ciudad, preguntándose cómo conseguiría subir al tren de Chicago sin que nadie reparara en él.

Al cabo de un rato, tras recorrer un par de kilómetros, empezaba a sentirse más relajado cuando de pronto oyó unas sirenas a sus espaldas. Echó a correr más deprisa, pero las sirenas sonaban cada vez más fuertes y Kimble comprendió que era inútil tratar de huir. La carretera estaba rodeada de unos campos que no le ofrecían protección alguna.

Cuando el coche de la policía lo alcanzó, Kimble siguió caminando, consciente de que los faros lo iluminaban con toda claridad.

Pero la luz azul y roja pasó de largo.

Kimble se detuvo, se inclinó hacia delante y esperó a que su corazón se calmara.

Al cabo de unos instantes echó a andar de nuevo cuando vio que se acercaba otro coche. Cuando se disponía a salir huyendo, el conductor bajó la ventanilla y Kimble comprobó que se trataba de la camarera del restaurante, la de más edad.

—¿Quiere que lo lleve a algún sitio? —preguntó.

Kimble vaciló antes de responder.

—¿Hacia dónde se dirige?

La camarera levantó la mano y señaló hacia el norte. Hacia Chicago.

La noche anterior había llovido. Al amanecer, una fina neblina se había instalado sobre el campo junto a la casa y la hierba estaba cubierta de rocío. Era una casa tranquila, situada en un vecindario tranquilo y alejado del centro de la ciudad; el único tráfico consistía en el camión de la basura, la furgoneta de un fontanero y una pordiosera que husmeaba en los cubos de basura.

Newman se hallaba sentado junto a Renfro en un sedán aparcado al otro lado de la calle. Cuando Gerard abrió inesperadamente la portezuela, se llevó un susto de muerte, pero se recuperó enseguida y le entregó su radio.

Newman era el último que se había incorporado al equipo de Gerard, y estaba cansado de que se lo recordaran continuamente.

Se consideraba perfectamente capacitado para cumplir con su trabajo y deseaba que le dieran la oportunidad de demostrarlo.

No obstante, esto era diferente: esto era la vida o la muerte, y Newman empezaba a preguntarse seriamente si no había cometido un error al escoger esta profesión.

Cierto que había recibido una buena formación, pero nunca había participado en una operación de este calibre.

Una cosa era realizar un ejercicio práctico, y otra muy distinta arriesgar el pellejo.

Estaba convencido de que iba a morir.

Gerard se sentó en el asiento delantero, impasible como de costumbre.

—Las autoridades locales se morían de ganas de intervenir —dijo Renfro.

—Ya me lo imagino —contestó Gerard, llevándose la radio a los labios—. ¿Dónde está la mujer?

—En la misma habitación —respondió la voz de Biggs a través de la radio.

Newman se inclinó hacia delante y miró dentro de la furgoneta del fontanero, donde Biggs, vestido con un mono, estaba hablando, con la cabeza ladeada, hacia el micro que llevaba sujeto en el hombro.

Gerard asintió y dijo:

—De acuerdo. Yo me situaré en la parte delantera de la casa. Biggs y Renfro, en la trasera. Poole...

La mendiga alzó la cabeza e hizo un gesto casi imperceptible con ella.

—... vigilará los alrededores —concluyó Gerard—. No quiero que nadie resulte herido. Permaneced fuera hasta que os llame. Sintonizad vuestras radios en la frecuencia tres.

Gerard guardó la radio en el bolsillo, y Renfro y él verificaron sus armas. Newman miró su pistola de calibre 38, la cual, comparada con el nuevo revólver de Gerard, otro impresionante Glock 22 del calibre 40, parecía un trasto. En la base llevaba grabado el número 2.

—¿Desea que espere aquí, señor? —preguntó, con la esperanza de que su jefe respondiera afirmativamente.

Gerard lo miró irritado y contestó:

—No. Vendrás conmigo. Andando.

Newman se sintió desmoralizado. Ahora estaba seguro de que iba a morir.

Los dos hombres se acercaron sigilosamente a la puerta de la casa.

Gerard hizo un gesto con la cabeza y empezó a contar en voz baja: uno, dos tres...

Entre los dos derribaron la puerta de una patada y entraron.

—¡Policía! —gritó Gerard—. ¡Todos al suelo!

Newman siguió a Gerard, sosteniendo la pistola con mano temblorosa y sintiendo que las piernas apenas le sostenían.

Al entrar en el cuarto de estar vieron una silueta que corría por el pasillo. Era Copeland.

Newman notó que el corazón le latía con tal fuerza que temió ponerse a vomitar.

Copeland desapareció en un cuarto trasero antes de que Gerard y Newman tuvieran tiempo de disparar. De repente oyeron los gritos de una mujer, procedentes de la parte posterior de la casa. Gerard no le hizo caso e indicó a Newman que girara hacia la izquierda, mientras él se dirigía por el pasillo hacia el dormitorio situado en la parte trasera.

Newman obedeció y giró hacia la izquierda, confiando en que Copeland no viera a Biggs y Renfro esperándole afuera, y que los dos hombres consiguieran atraparle sin necesidad de disparar. Mientras avanzaba mantuvo los ojos bien abiertos y los oídos atentos al menor sonido, al tiempo que procuraba controlar sus nervios. Tenían ventaja sobre Copeland; eran unos profesionales competentes. Todo saldría bien...

La mujer gritó de nuevo. Al oírla, Newman se detuvo y tras unos instantes abrió la puerta de una patada. Era un pequeño dormitorio, con una segunda puerta que probablemente comunicaba con el pasillo, y una tercera que daba a un ropero o al baño.

Newman avanzó lentamente, sosteniendo la pistola con manos temblorosas.

La habitación estaba vacía. No había nadie en el armario.

De pronto, la segunda puerta se abrió bruscamente. Newman se giró, listo para disparar, pero soltó un suspiro de alivio al ver a Gerard, que estaba en el pasillo.

Tras indicar a Newman que abriera la tercera puerta, Gerard se dirigió por el pasillo hacia el dormitorio trasero, donde la mujer seguía gritando.

La tercera puerta del dormitorio donde se hallaba Newman daba a un baño.

Al comprobar que estaba vacío, Newman respiró profundamente y se tranquilizó. Copeland se encontraba en la parte posterior de la casa, donde lo atraparían Gerard y los otros. Newman no tenía nada que temer. Se dirigió hacia el pasillo cuando, de pronto, lo asaltó una extraña sensacion.

Había olvidado algo esencial: mirar siempre detrás de una puerta abierta...

Súbitamente Copeland se abalanzó sobre él. Antes de que Newman pudiera reaccionar, le propinó un golpe que hizo que la pistola se cayera al suelo y le colocó los brazos a la espalda, mientras le apoyaba un enorme cuchillo contra el cuello.

Newman cerró los ojos y se puso a llorar sin derramar una sola lágrima. Copeland lo empujó hacia la puerta y luego se detuvo.

—¡Tengo a su hombre! —gritó—. ¡Quiero salir de aquí!

Gerard no respondió. Copeland obligó a Newman a retroceder, mientras el policía sentía el frío tacto del acero sobre el cuello. Estaba aterrado y apenas le sostenían las piernas.

Entraron en el cuarto de estar y Copeland gritó de nuevo:

—¿Acaso no me ha oído? Si no me deja salir de aquí le cortaré el cuello a su hombre.

Acto seguido obligó a Newman a girarse, de forma que ambos quedaron entre la puerta que conducía al dormitorio y el acceso al pasillo.

Newman tenía todavía los ojos cerrados; no oía a Gerard, tan sólo percibía la trabajosa respiración de Copeland.

De pronto sonó un ruido procedente del dormitorio.

Newman abrió los ojos y en aquel preciso instante vio un zapato que aterrizaba en el suelo.

Copeland comprendió demasiado tarde su error y, gimiendo, retrocedió hacia el pasillo.

Gerard disparó directamente al rostro de Copeland.

El ruido fue tan tremendo, que Newman creyó que le había reventado el cerebro y los tímpanos. La bala del calibre cuarenta había atravesado el cráneo de Copeland, esparciendo sangre y fragmentos de sesos por doquier.

Copeland soltó el cuchillo y cayó al suelo.

Newman se tapó los oídos. En aquel momento apareció la mujer que había oído gritar, vestida con una bata entreabierta.

Al ver a su amante tendido en el suelo, comenzó a chillar de nuevo. A Newman le pareció oír sus alaridos desde el interior de una pecera.

Impasible, como si el acto que acababa de cometer no le afectara en lo más mínimo, Gerard se dirigió a la mujer con aire autoritario y dijo:

—Cállese.

La mujer se calló.

6

Cuando llegaron unos policías y el forense, Newman había regresado al coche. El efecto de la adrenalina se había desvanecido, pero no el dolor. Estaba convencido de que el tímpano izquierdo le había estallado.

Gerard se detuvo junto al coche sosteniendo una taza de café.

Apoyó una mano en la ventanilla y se inclinó para observar a Newman, que seguía tapándose los oídos con las manos.

Newman estaba indignado.

Gerard era su jefe y, como a todo el mundo, le infundía un gran respeto y temor, pero en aquellos momentos el dolor y la rabia que sentía eran más fuertes que el temor.

—Mi oído... —se quejó—. No oigo nada. No puedo creer que actuara como lo hizo.

Gerard no pareció ofenderse.

—¿Cree que debí pactar con él? —le preguntó.

—¡Sí! —respondió Newman con total rotundidad—. ¡Pudo haber errado el tiro! ¡Pudo haberme matado!

Gerard se incorporó y contempló el campo que se extendía junto a la casa. El sol había eliminado la neblina, pero todavía quedaban unas gotas de rocío sobre la hierba.

El jefe de policía parecía estar meditando las palabras de Newman.

—Tienes razón. Pude haberte matado.

Newman guardó silencio. Gerard lo miró con simpatía y preguntó:

—¿Te duele mucho el oído?

—Sí, mucho —contestó Newman—. Seguramente me quedaré sordo.

—Deja que le eche un vistazo.

Gerard depositó la taza de café sobre el tejadillo del coche y se agachó.

Newman se quitó las manos de los oídos y ladeó con cierta lentitud la cabeza para que Gerard pudiera examinarlo.

Gerard se acercó pero en lugar de examinar el oído de Newman, le gritó:

—¡Yo no pacto con delincuentes!

Newman soltó una exclamación de dolor y se tapó de nuevo el oído.

Gerard cogió la taza de café y se alejó mientras el joven lo observaba, atónito.

Biggs y Renfro se acercaron a Newman, mostrando una amplia sonrisa.

—Le caes bien —dijo Biggs.

—Es cierto —asintió Renfro—. A mí también me gritó una vez al oído.

Newman se estremeció, se reclinó en el asiento y cerró los ojos.

Kimble llegó al centro de Chicago por la mañana. Le alegraba estar de regreso en casa, pero sabía que ese éxito no significaba que la suerte lo acompañara en todo momento.

Cuando se bajó del tren, vio a unos policías obligando a los mendigos sin techo a abandonar la estación. Kimble echó a andar mezclado con la multitud y a los pocos minutos se encontró en la calle de la estación de La Salle, escuchando el sonido de los trenes y la voz que anunciaba por los altavoces la hora de partida y llegada de los mismos.

Al otro lado de la calle, el reloj digital de un banco indicaba la hora y la temperatura. Cuando señaló las nueve y un minuto, Kimble se dirigió a una cabina telefónica.

La recepcionista contestó al teléfono y Kimble le dijo que deseaba hablar con Gutherie. Sabía que era muy arriesgado; Gutherie no había creído en su inocencia y no tenía motivos para creer en ella ahora. Pero no tenía alternativa.

Confiaba en que su abogado se arrepintiera de no haberlo defendido más enérgicamente.

Si lograba convencerlo para que lo ayudara, estaba salvado.

Al cabo de unos minutos oyó la voz de Gutherie, quien parecía molesto por el hecho de que su interlocutor no se hubiera identificado.

Kimble vaciló unos instantes, mientras trataba de dominarse.

—Walter, soy Richard.

Luego se produjo una pausa que duró varios segundos.

—Richard... —murmuró Gutherie—. Dios mío... ¿Por qué has huido? Eso te hace parecer culpable.

—Las apariencias me tienen sin cuidado, Walter —contestó Kimble irritado.

—¿Dónde estás? —preguntó Gutherie—. Iré a recogerte y te acompañaré para que te entregues a la policía.

—No pienso entregarme —replicó Kimble—. Necesito dinero.

Gutherie no respondió. Cuando habló de nuevo, su tono era el de un abogado que trata de salvar su pellejo.

—Richard, me pides que ayude a un fugitivo de la justicia. No puedo hacerlo. Como amigo y abogado tuyo, te aconsejo que te entregues. Dime dónde estás.

Sintiendo una mezcla de furia y amargura, Kimble se apoyó contra la pared de la cabina telefónica, tratando de dominarse.

—Dame la dirección —insistió Gutherie—. No tardaré...

Kimble colgó.

—Rebobínala —dijo Gerard.

Renfro, sentado frente a un equipo de audio en la sala de conferencias, oprimió los controles.

Biggs y Poole estaban sentados junto a él; Newman, sentado junto a Gerard, se acariciaba de vez en cuando el oído.

—Recibimos una llamada esta mañana a las nueve y un minuto —dijo Biggs.

—Hemos alertado a la policía de St. Louis.

Gerard no les prestó atención. La cinta contenía algo que había disparado una alarma en su subconsciente; una pieza que no encajaba.

Renfro rebobinó la cinta y la voz de Richard Kimble invadió la habitación:

—Walter, soy Richard.

—Disminuye el volumen de las voces —ordenó Gerard cuando Gutherie contestó:

—Richard... Dios mío...

Como telón de fondo se oían unos ruidos procedentes de una estación de ferrocarril: el estruendo de los trenes, fragmentos de conversación, el sonido de campanas, el murmullo del tráfico en las calles...

—Escuchad —dijo Gerard, inclinándose hacia delante.

—Son unos trenes —dijo Biggs—. El tráfico.

Gerard sacudió la cabeza y respondió:

—Es algo más. En el fondo se oye una voz. Pasa otra vez esa parte de la cinta —le ordenó a Biggs.

Biggs obedeció, ampliando los ruidos de fondo. De pronto oyeron el sonido de una campana, estridente, mecánica, seguido de una voz clara e inconfundible:

—La siguiente parada, Merchandise Mart...

Renfro miró sorprendido a Gerard y exclamó:

—¡Es un anuncio del tren elevado!

—Y en St. Louis no hay ningún tren elevado —dijo Gerard—. Señoras y señores, Richard Kimble está en Chicago.

Poole, llama al departamento de policía de St. Louis y diles que te has equivocado, luego envía la foto de Kimble a la policía local y haz que registren los albergues. Biggs, trae a los detectives que se han ocupado de este caso.

Poole y Biggs se levantaron.

—Prepararé el comunicado de prensa —dijo Newman.

—No —contestó Gerard.

Los otros lo miraron sorprendidos.

Gerard se levantó despacio, observándolos con una intensidad destinada a hacerles comprender que estaba totalmente decidido a capturar a Kimble.

—No saben que está vivo, y por lo que respecta a Kimble, nosotros tampoco. Quiero que las cosas queden así. ¿Entendido?

—Perfectamente —asintió Renfro.

—Newman —llamó Gerard cuando éste y sus compañeros se disponían a marcharse.

Newman se volvió y lo miró con cierta aprensión. Gerard sonrió y dijo:

—Ve a mi despacho y saquemos oficialmente al doctor Kimble del purgatorio.

Kimble decidió recurrir a Charlie Nichols. Afortunadamente, lo encontró donde supuso que estaría a las nueve y media de la mañana de un día laborable: en su distinguido club en el Loop.

Kimble lo vio salir y dirigirse al aparcamiento, vestido con un abrigo de pelo de camello y portando una bolsa deportiva de la que sobresalía el mango de su raqueta de squash. Como de costumbre, tenía un aspecto fantástico: bronceado, sano y luciendo un corte de pelo de sesenta dólares. Tras montarse en su flamante Ferrari, salió del aparcamiento.

Cuando se detuvo frente a un semáforo, se acercó un

mendigo y empezó a lavar el parabrisas. Nichols, que en aquel momento hablaba por el teléfono del coche, le indicó que se alejara, pero el mendigo siguió con lo suyo.

Entonces Nichols puso en marcha el limpiaparabrisas y el hombre se alejó soltando una retahíla de palabrotas.

Kimble se acercó al coche y miró por la ventanilla. Nichols le dirigió una mirada furiosa y dijo:

—No, hoy no.

Luego lo miró atónito y exclamó:

—¡Dios mío! Richard...

Nichols bajó la ventanilla y, por la expresión de lástima con que lo miró, Kimble imaginó que debía de presentar un aspecto espantoso con el cabello teñido y mal cortado, una barba de varios días y las ropas sucias y arrugadas. Exactamente como si fuera un mendigo sin hogar.

—¿Cómo estás, Charlie? —le preguntó con una sonrisa.

Nichols seguía contemplándolo estupefacto.

—Estás vivo...

—Sí. Y necesito ayuda.

—Cuenta con ella —respondió Nichols.

Por primera vez desde la muerte de Helen, Kimble sonrió con gratitud al recordar, conmovido, los esfuerzos de Nichols por defenderlo durante el juicio.

—Necesito un poco de dinero.

—Sí, claro —respondió Nichols, sacando la cartera—. ¿Dónde te alojas? Te enviaré más dinero y ropa. Dame la dirección...

—Yo te llamaré —contestó Kimble.

Nichols entregó un grueso fajo de billetes de veinte dólares a Kimble, quien se lo guardó en el bolsillo sin contarlo. Nichols miró a su amigo y dijo suavemente:

—Sé por qué has vuelto: para encontrar al manco. Si puedo ayudarte en algo...

Kimble le estrechó la mano, gratamente sorprendido por su calidez y avergonzado de que la suya estuviera helada.

—Llámame —dijo Charlie—. No dejes de llamarme...

—Gracias, Charlie...

Nichols cogió el abrigo que había arrojado sobre el asiento trasero y dijo:

—Toma, estás helado...

En aquel momento oyeron la sirena de un coche de la policía y Kimble, aterrado, corrió a ocultarse en el portal de una tienda; pero al volverse oyó a un policía gritar a Nichols:

—¡Venga, hombre, que la luz está en verde!

Aquella mañana, mientras Newman y Poole buscaban alguna pista en la estación y Biggs y Renfro registraban los albergues para los pobres sin hogar, Gerard se dirigió a casa de Kimble.

Era una excelente oportunidad para examinar tranquilamente los lugares íntimos en los que Kimble había comido y dormido, para conocer un poco mejor a aquel hombre cuya mirada lo desconcertaba. Deseaba estar solo, porque creía que eso le ayudaría a establecer un vínculo mental y emocional con el fugitivo, a penetrar en la misteriosa zona de su mente que «sabía» pero que no podía razonar.

Gerard se dijo que la soledad era necesaria para concentrarse, pero lo cierto era que temía hacer el ridículo ante sus colaboradores.

La mayoría de los muebles habían desaparecido, y los que quedaban estaban cubiertos por un plástico. Las sombras en las paredes revelaban los lugares donde habían colgado unos cuadros.

Habían bajado el termostato y las habitaciones estaban frías y húmedas; una fina capa de polvo cubría todas las superficies. En el cuarto de estar, un hermoso reloj de pared se había detenido.

Gerard caminó por el suelo de parquet, sucio tras tantos

meses de abandono y las pisadas de centenares de policías, investigadores, fotógrafos y peritos. Examinó varias cajas y bolsas que contenían la vasta colección de libros de Kimble, la cual incluía desde libros de medicina hasta historia, filosofía y literatura.

Gerard cogió un volumen de relatos cortos y lo abrió por una página en la que figuraba un siniestro título: «Los muertos».

A continuación subió los dos pisos hasta el escenario del crimen.

La silueta del cuerpo de la víctima, dibujada en yeso, había desaparecido, pero junto al lecho cubierto por un plástico había todavía unas manchas color rojo oscuro en la alfombra de lana china.

En la oscura y silenciosa habitación, Gerard reprodujo mentalmente la escena de la forma en que la fiscal afirmó que se habían desarrollado los hechos: Kimble se había abalanzado sobre su esposa y había intentado estrangularla.

Ella le había arañado el rostro y el brazo y, tras liberarse, había corrido hacia el teléfono, el cual había derribado cuando Kimble disparó contra ella...

Luego, creyendo que su mujer estaba muerta, Kimble había derribado unas sillas y la lámpara para que pareciera que se había producido una lucha. Acto seguido había bajado al vestíbulo, había examinado el correo, había trasladado la ropa de la lavadora a la secadora e incluso había llevado una botella de vino y unas copas al dormitorio para fingir que había planeado una romántica velada con su mujer. Pero en ese breve espacio de tiempo ella había llamado a la policía, trastornando los minuciosos planes de Kimble. Él mismo hubiera llamado al 911 al cabo de un rato, fingiendo que un ladrón había asesinado a su esposa, pero sólo había tenido tiempo para inventarse la historia del manco.

Temiendo que la policía no tardara en llegar, Kimble se

había apresurado a poner en marcha la segunda fase de su plan: representar el papel de marido desconsolado que había abrazado a su pobre esposa hasta que llegó la policía.

Gerard suspiró. De algún modo, le costaba creer que los hechos se hubieran desarrollado de ese modo, y decidió reproducirlos de acuerdo con el relato de Kimble. Se dirigió al armario ropero, todavía colgaban unas prendas masculinas y femeninas, y entró en él. La mujer...

Gerard abrió la carpeta y miró su nombre: Helen Kimble.

Helen estaba en el ropero, desnudándose, mientras Richard Kimble se encontraba abajo. Kimble había subido, había visto a un hombre oculto detrás de la puerta y se habían peleado. Kimble le había arrancado el brazo artificial, pero el hombre había conseguido recuperarlo y había huido.

Cuando se disponía a perseguirlo, Kimble oyó gemir a su esposa y corrió a atenderla. Trató de ayudarla pero no pudo, y la sostuvo entre sus brazos hasta que murió. Al llegar la policía, había mirado al agente con ojos llenos de dolor, la misma emoción que mostraba en la foto tomada por la policía...

«No —se dijo Gerard, sacudiendo la cabeza, negándose a creer la estremecedora historia de Kimble—. Era culpable, no cabía la menor duda. Al fin y al cabo, existía la transcripción de la llamada a la policía.»

—¿La he entendido bien? ¿Su agresor está todavía en la casa? ¿Me oye, señora?

—Ha tratado de matarme...

—¿Puede repetirlo, por favor?

—Richard... Ha tratado de matarme... mi cabeza...

Eso bastaba para condenarlo. Sin embargo... Gerard deseó tener en aquel momento la transcripción de la grabación. La voz de Helen seguramente era muy débil, apenas audible; sería muy difícil detectar cualquier cambio en la entonación.

¿Era ése el momento en que Kimble había entrado en la habitación? ¿Estaba Helen hablando con su marido y no con la telefonista de la policía, tal como Kimble había afirmado en el juicio?

Gerard cerró la carpeta y bajó al cuarto de estar.

Se sentó en el sofá cubierto de plástico, frente a la fría chimenea de piedra, y contempló las desnudas paredes mientras imaginaba el aspecto que había ofrecido esa habitación cuando vivían unas personas en la casa, hacía cuatro años, cuando ardía un fuego en la chimenea y había unos juguetes desparramados por el suelo y sonaba la suave voz de una mujer...

«No», se dijo Gerard furioso, levantándose. Había sido una idea nefasta el venir solo a casa de Kimble e imaginar, siquiera por un instante, que era inocente. En esta profesión, era muy peligroso que uno perdiera el sentido de la distancia y la objetividad.

Yo no he matado a mi esposa.

—Ése no es mi problema —replicó Gerard, y salió dando un portazo.

7

Aún era temprano cuando Gerard, acompañado de Poole, fue a hablar con la enfermera de Kimble. Había hecho bien en llevarse a Poole, quien poseía lo que Gerard denominaba La Mirada, una expresión intensa y amenazadora capaz de intimidar a los criminales de la peor calaña. Gerard la había cultivado durante tanto tiempo que no podía librarse de ella aunque quisiera, mientras que Poole, cuando quería ganarse la confianza de una persona, era capaz de asumir una expresión increíblemente tierna y tranquilizadora.

Angelica Flynn era una mujer de cuarenta y cinco años, impecable, con el cabello castaño salpicado de canas y aire competente. Condujo a Gerard y a Poole a través de la elegante sala de espera, decorada en tonos grises y morados, hasta un consultorio situado en la parte trasera. Les indicó que se sentaran en un taburete y una camilla, pero se negaron, de modo que los tres permanecieron de pie durante toda la entrevista.

Flynn los observó con cierta frialdad cuando Gerard le mostró su placa; evidentemente, todavía era leal a Kimble. Eso, junto con su aire de tímida delicadeza, hizo que Gerard dejara que Poole se encargara de entrevistarla. Poole sintonizó rápidamente con ella y empezó a formularle preguntas en un tono directo y eficiente que encajaba perfectamente con la actitud de Flynn.

Flynn ladeó el rostro cubierto de pecas y sus ojos mostraban un profundo pesar mientras respondía a las preguntas de Poole.

—Trabajé doce años para el doctor Kimble. Tardé casi un año en encontrar otro trabajo.

—¿Conoce bien al doctor Kimble? —le preguntó Poole.

—Por supuesto —replicó Flynn indignada—. No puedes trabajar para alguien todos los días durante doce años sin llegar a conocerlo bien.

—¿Qué tipo de hombre es?

Flynn sonrió con tristeza y respondió:

—Muy humano. Sus pacientes eran muy importantes para él.

—¿Notó usted si existían tensiones entre el doctor y su esposa? ¿Le hablaba alguna vez de ella? —preguntó Poole con diplomacia, pero Flynn volvió a mirarles fríamente.

—Por supuesto que me hablaba de ella. Constantemente. Estaba loco por ella. Se querían mucho. El doctor telefoneaba a su esposa varias veces al día...

—¿Era celoso? —preguntó Gerard.

—Eso es justamente lo que hizo la fiscal —contestó Flynn indignada—. Trató de convertirlo todo en una relación fea y sucia, de hallar algo que no existía. El doctor Kimble quería a su esposa, y ella le correspondía. Estoy convencida de ello.

—Teníamos la obligación de preguntárselo —señaló Poole, tratando de aplacar a Flynn.

Flynn cruzó los brazos y dijo:

—No lo comprendo. ¿Por qué están removiendo otra vez el asunto? ¿Acaso el doctor Kimble ha decidido recurrir? ¿Habrá otro juicio?

—El doctor Kimble se ha escapado —contestó Gerard.

Flynn lo miró con una mezcla de esperanza, temor y sorpresa. Se llevó una mano a los labios y al cabo de unos instantes dijo:

—Jamás lo atraparán.

—¿Cómo lo sabe? —preguntó Poole.

—Porque es un hombre muy inteligente.

—Nosotros no somos tan estúpidos como parecemos —terció Gerard.

Flynn lo miró con desdén y luego dijo:

—Y muy tenaz. No se deja disuadir por nada ni por nadie.

Se detuvo unos instantes y luego añadió con fervor:

—Me alegro de que haya huido de la cárcel. No merece estar allí. Es un buen hombre.

Poole la miró severamente y dijo:

—Señora Flynn, el doctor ha sido condenado por asesinato.

—No puedo aceptarlo —replicó la enfermera.

—¿Estaría dispuesta a ayudarlo si él se lo pidiera? —le preguntó Gerard.

Flynn dudó unos instantes, apartando la vista para que ésta no la traicionara, y al fin respondió:

—No me lo pediría.

—Parece muy segura de ello —observó Gerard con cierto tono de ironía.

Flynn lo miró a los ojos con una firmeza que impresionó al jefe de policía.

—El doctor no me colocaría ni a mí ni a nadie en una situación comprometida. No es su estilo.

El doctor Jacob Roberts se quitó la bata azul pastel en el vestuario contiguo a la sala de operaciones del Chicago Memorial, y se sentó en un banco.

Gerard y Biggs permanecían a una distancia prudencial. Roberts no era muy amigo de Kimble, pero habían trabajado juntos durante muchos años y Gerard deseaba conocer la opinión de alguien que no se apresuraría a defenderlo a ultranza. Según les había contado Angelica Flynn, Kimble había echado una vez a Roberts de su despacho, y Roberts todavía le guardaba rencor.

—¿Qué saben exactamente de Richard Kimble? —preguntó Roberts con tono fatigado.

Gerard supuso que había estado trabajando toda la noche en el quirófano. Le contestó:

—Eso es lo que deseábamos preguntarle a usted. Si sabe algo que en su opinión pueda resultar útil...

—De joven Kimble sirvió en la Marina —dijo Roberts, frotándose la cara y bostezando—. ¿No lo sabían?

—Dos años —respondió Biggs—. Luego la abandonó para estudiar medicina.

—He leído que se tiró a una presa —dijo Roberts sonriendo—. Es un excelente nadador.

—Formaba parte del equipo de natación de la universidad —comentó Biggs.

—Me partí de risa cuando lo leí. Así es Richard...

Gerard se inclinó adelante y miró fijamente a Roberts.

—¿Cree usted que es culpable?

Roberts se encogió de hombros y contestó:

—No lo sé. Lo único que sé es que Richard Kimble es un tipo frío e inteligente. Si había decidido asesinarla... Lo haría sin duda.

—Gracias, doctor Roberts —dijo Gerard—. Si tiene alguna noticia del doctor Kimble...

—No creo que se ponga en contacto conmigo —respondió Roberts, echándose a reír—. Es demasiado terco para pedirme ayuda...

—¿A quién cree que se la pediría?

—A nadie. —Roberts hizo una pausa, rascándose la protuberante barriga mientras reflexionaba—. Pero si no tuviera más remedio, creo que acudiría a Charlie Nichols.

Pese a su desaliñado aspecto, nadie reparó en Kimble mientras caminaba por el pasillo del hospital de Cook County. Tomó buena nota de las medidas de seguridad que habían adoptado y se detuvo ante el directorio junto al ascensor para asegurarse de que el departamento que andaba buscando seguía en el mismo lugar que cuando él había trabajado allí como médico interno.

Al llegar a un recodo en el pasillo, se detuvo frente a un cartel que decía:

URGENCIAS
→
CLÍNICA PROTÉSICA
←

De pronto se vio a sí mismo sosteniendo un brazo artificial cuyo interior estaba lleno de cables y electrodos, mientras contemplaba el rostro aterrado y desencajado del asesino de Helen.

Kimble entró en la sala de espera y se sentó, mirando por encima de la portada cubierta de *People* la sala del ordenador situada al otro lado de la pared de cristal. Junto a él estaba sentado un paciente que sostenía un brazo ortopédico en el regazo.

—Buenos días —dijo a Kimble, sonriendo.

—Buenos días —respondió Kimble, fingiendo estar absorto en la revista, pero por el rabillo del ojo vio que el hombre lo miraba detenidamente, tal vez preguntándose qué hacía allí un tipo a quien no le faltaba ningún miembro.

Kimble dejó la revista y se marchó.

No abandonó el hospital, sino que pasó a la siguiente fase de su minucioso plan. No todo había salido como él esperaba —Gutherie lo había decepcionado—, pero el dinero que le había prestado Nichols le permitiría desarrollar su idea.

Se dirigió a la conserjería, donde había numerosos taquilleros, estanterías y cajas con productos de limpieza, y se detuvo frente a un tablón donde figuraban los horarios de trabajo y las vacaciones de los empleados. Del tablón colgaba un lápiz sujeto con un cordel. Tras cerciorarse de que estaba solo, Kimble realizó algunas modificaciones estratégicas. Sólo necesitaba un par de días...

De pronto oyó un ruido a sus espaldas. Al girarse vio a un empleado que cerraba su taquilla y se dirigía a las duchas. No obstante, la taquilla había quedado entreabierta y por la rendija asomaba el cuello de una camisa y una tarjeta de identificación de plástico.

No podía desaprovechar esa oportunidad. Después de echar un vistazo a su alrededor para asegurarse de que estaba solo, cogió la camisa y la tarjeta de identificación de la taquilla.

Había cometido el sexto delito.

El plan estaba en marcha. Kimble salió del hospital y se dirigió a una tienda de venta de artículos de segunda mano del Ejército de Salvación y compró unos pantalones verdes que hicieran juego con la camisa y unas zapatillas de lona. Al salir vio el anuncio de un apartamento en alquiler pegado en la pared y se lo guardó en el bolsillo.

Luego se dirigió a un fotomatón y, por último, a las señas que figuraban en el anuncio, un edificio de cuatro plantas situado en una calle llena de basura.

Kimble llamó al timbre y le abrió un joven con un peinado punky y un pendiente en la nariz; al verlo, el chico llamó a su abuela, una anciana polaca que lucía unas medias enrolladas hasta la pantorrilla.

La habitación en el sótano era fría y lúgubre, pero barata, y la vieja casera se embolsó el dinero que le entregó Kimble sin hacer preguntas. Kimble se sentó en la cama y utilizó las tijeras que había robado para recortar su fotografía e insertarla en la tarjeta de identificación del hospital.

Luego durmió un poco para recobrar fuerzas. Soñó de nuevo con el momento en que le arrancó el brazo al asesino de Helen. Kimble lo arrojó al suelo y trató de agarrar al huidizo asesino, pero éste se volvió y Kimble le arrancó el otro brazo, luego la pierna izquierda, la derecha y por último la cabeza.

La cabeza del individuo soltó una carcajada...

Kimble se despertó angustiado y se levantó, a pesar de que todavía brillaba el sol.

Gerard y Biggs se dirigieron al hospital del Chicago Memorial, donde aguardaron junto al despacho del jefe administrativo de patología, el doctor Charles Nichols, a que llegara éste. Según el expediente de Kimble, Angelica Flynn y Jacob Roberts, Nichols era uno de los mejores amigos de Kimble. Cuando el hombre apareció y los policías le informaron de que deseaban hablar con él, Gerard notó que éste los observaba con el mismo recelo que Flynn.

Nichols los condujo a su despacho, que parecía salido de una página del *Architectural Digest*.

—Siéntense —dijo.

Sin hacer ademán de estrecharles la mano, cerró la puerta, se quitó la bata blanca y la sustituyó por una americana oscura que colgaba de un gancho detrás de la puerta. Parecía molesto pero tranquilo.

Los policías permanecieron de pie. Nichols se colocó detrás de su inmensa mesa de trabajo y los observó detenidamente. Biggs abrió la boca para decir algo, pero Nichols lo interrumpió secamente:

—Supongo que su visita está relacionada con Richard Kimble.

—¿Qué le hace suponerlo? —preguntó Gerard.

—Porque lo vi hace dos días.

Biggs lo miró estupefacto, como si Nichols acabara de morderlo. Gerard se inclinó lentamente hacia delante y examinó a Nichols como un león a su presa.

—Me detuvo cuando me encontraba en mi coche. Le di

un poco de dinero —dijo Nichols con calma—, y hablé con él durante unos minutos.

—¿Dónde ocurrió eso? —preguntó Gerard.

—Delante de mi club de tenis —contestó Nichols—. Cerca del Loop. No recuerdo la dirección exacta, pero mi secretaria puede facilitársela si lo desean.

—¿Le pidió que le ayudara? —inquirió Gerard, paseándose de un lado al otro de la habitación, tratando de absorber todos los detalles.

No había muchos. El despacho de Nichols tenía un aspecto aséptico. Al igual que su dueño, era demasiado atildado. Gerard miró la fotografía que había sobre la mesa de una mujer rubia, esbelta y espectacular, tanto como el propio Nichols y como el despacho.

—Yo le ofrecí mi ayuda —dijo Nichols—, pero él no la aceptó.

Gerard y Biggs se miraron. Eso encajaba con lo que les había dicho Flynn.

—¿Por qué cree que Kimble regresó a Chicago?

—No me lo dijo.

—No le he preguntado eso —dijo Gerard, observando una antigua foto que colgaba en la pared de unos jóvenes Richard Kimble y Charles Nichols. La leyenda debajo de la imagen decía: «Facultad de Medicina de la Universidad de Cook County, 1975»—. Estoy seguro de que intentaba protegerlo a usted para que no tuviera que mentir por él. Pero si realmente es su amigo, debe ayudarnos a capturarlo vivo.

Gerard se acercó a la biblioteca y miró unas fotografías enmarcadas, deteniéndose frente a una de Nichols, tomada recientemente, posando con orgullo junto a un flamante Ferrari.

—¿Por qué habría de hacerlo? —replicó Nichols—. ¿Para que vuelvan a meterlo en la cárcel? Si desean ayuda, caballeros, se han equivocado de hombre.

Gerard se volvió y miró a Nichols fijamente mientras le hablaba con tono suave y cortés:

—Mire usted, doctor... El año pasado, la oficina del procurador general emitió la orden de búsqueda y captura de once mil tres fugitivos. Diez mil novecientos setenta y cinco fueron capturados. Los otros veintiocho, sin embargo, creyeron que eran más listos que nosotros y están muertos. —Gerard se detuvo para que Nichols tuviera tiempo de asimilar el dato. Luego señaló la foto junto al Ferrari y añadió—: Bonito coche.

Y tras esas palabras se marchó junto con Biggs, consciente de que estas palabras no convencerían a Nichols. Kimble se pondría de nuevo en contacto con él, y Nichols lo ayudaría.

Lo cual, tanto si Nichols lo sabía como si no, conduciría al jefe de policía directamente a Kimble.

En el pasillo, Gerard se giró hacia Biggs y dijo:

—No lo pierdas de vista.

Kimble se puso a trabajar a la hora exacta que había anotado en el tablón. Había decidido cubrir el turno de noche, pues se sentía más seguro. Cogió una fregona y un cubo y comenzó a limpiar un pasillo que finalizaba frente a una puerta en la que había un cartel que decía: «Clínica protésica. Prohibido el paso».

Kimble fue avanzando hacia la puerta, mirando a su alrededor para asegurarse de que nadie le observaba. Por fortuna, los pasillos estaban desiertos.

De pronto oyó unos pasos tras él y, al girarse, vio tropezar a una joven doctora. Cuando recuperó el equilibrio, preguntó a Kimble:

—¿Dónde está Rudy?

—Me han dicho que está enfermo —le respondió Kimble.

La doctora miró a su alrededor, frunciendo el ceño.

—¿No le han dicho que colocara el cartel?

—¿Qué cartel? —preguntó Kimble—. Nadie me ha dicho nada.

La joven lo miró irritada y se alejó murmurando:

—El cartel advirtiendo que el suelo está húmedo para que nadie se haga daño.

—Gilipollas —masculló Kimble, arrepintiéndose inmediatamente de haberlo dicho.

Al fin y al cabo, la doctora no había sido grosera con él; pero él tenía los nervios a flor de piel y el insulto le ayudó a liberar la tensión.

La joven se detuvo, se dio media vuelta y preguntó:

—¿Qué es lo que ha dicho?

—Nada —contestó Kimble, y siguió fregando el suelo.

Ella lo miró durante unos instantes y luego se dirigió hacia la sala de urgencias.

Cuando se hubo marchado, Kimble dejó la fregona y el cubo y se dirigió hacia el laboratorio protésico. Del techo colgaban unas prótesis de brazos, manos y piernas, y las estanterías estaban llenas de cables y aparatos electrónicos.

Kimble atravesó la sala del ordenador y se dirigió hacia el departamento de archivos. Cuando se disponía a abrir la puerta, oyó la voz de una mujer a sus espaldas que decía:

—Hola, Ricky. Me ha parecido verte salir de aquí hace un minuto.

Kimble se volvió, tratando de dominar sus nervios. Frente a él estaba una de las técnicas del laboratorio, una mujer corpulenta, con gafas, que sostenía entre las manos la prótesis de un brazo a medio construir.

—Lo siento. Creí que era Ricky —dijo.

—Tengo que limpiar las persianas —respondió Kimble—. ¿Quiere que espere hasta que haya terminado?

—No —contestó la mujer—. Dentro de un par de días vendrá el paciente a probarse esta prótesis y tengo que terminarla. Me quedaré aquí toda la noche. No me molesta que limpie.

La mujer regresó a su mesa y se colocó unos cascos, tarareando y moviendo la cabeza al son de la música mientras pintaba una parte del brazo.

Kimble fingió que limpiaba las persianas mientras se dirigía poco a poco hacia el departamento de archivos. Tras cerciorarse de que la técnica no lo observaba, entró en el despacho.

Abrió sigilosamente los cajones de los archivos hasta dar con lo que andaba buscando: las fotografías de pacientes con la fecha correspondiente. Los historiales no le interesaban; había cientos de ellos y tardaría varias semanas en examinarlos. Lo que buscaba Kimble era otra cosa, algo que reconocería en cuanto lo viera.

Cogió de una estantería el *Manual de operaciones de la clínica protésica* y lo metió junto con las fotografías en un cubo de basura de plástico. Al levantar la vista, comprobó que la técnica no estaba sentada a su mesa de trabajo.

Kimble tuvo la extraña sensación de que alguien lo estaba observando. Con el corazón latiéndole aceleradamente, se inclinó sobre el cubo y fingió examinar su contenido.

—¿Ha perdido algo?

Kimble se giró y vio a la técnica junto a él, sosteniendo un bol entre las manos.

—Sí, se me ha caído un trapo —contestó Kimble, quien cogió un trapo que yacía junto al cubo—. Aquí está.

La técnica no pareció advertir que estaba nervioso.

—¿Le gusta el chile? Acabo de prepararlo.

—No, gracias —respondió Kimble, soltando un suspiro de alivio.

La mujer se encogió de hombros y dijo:

—Como quiera.

Al salir al pasillo, Kimble sacó las fotografías y el manual del cubo de plástico y los ocultó debajo de la camisa. Dejó la fregona y el cubo en conserjería y se dirigió a los ascensores.

Cuando se disponía a entrar en el ascensor, se dio cuenta de que había alguien junto a él. Se volvió y vio a la joven doctora que había resbalado en el pasillo, la cual, según indicaba su tarjeta de identificación, se llamaba Anne Eastman.

Ambos subieron en el ascensor y Kimble se colocó en una esquina, confiando en que la doctora estuviera demasiado preocupada pensando en los pacientes para reparar en él. No quería entablar una segunda conversación con ella, para que no pudiera identificarlo.

Al cabo de unos instantes, Eastman le preguntó amablemente:

—¿Qué tal le va?

Su tono era cálido y amistoso. Kimble la había visto dirigirse hacia la sala de urgencias, donde probablemente trabajaba, lo cual resultaba duro. La angustia de intentar salvar unas vidas —y de fracasar— acababa con los nervios de cualquiera. Sin duda se había dado cuenta de que había estado brusca con él y deseaba disculparse.

Pero Kimble no podía permitirse el lujo de aceptar su amabilidad ni su amistad, aunque se sentía muy solo. Habría sido demasiado arriesgado para los dos. Así pues, clavó la vista en el suelo y respondió:

—Muy bien.

—¿Encontró el cartel? —le preguntó la doctora.

Kimble sonrió ligeramente y la miró por el rabillo del ojo:

—Sí —contestó.

—Me llamó gilipollas —protestó la doctora.

Kimble se sonrojó y masculló:

—Disculpe. Estaba cansado.

—Yo también —respondió Eastman, sonriendo.

Kimble lamentó no poder conocer más a fondo a esa mujer, cuyo aire de intensidad, de dedicación, le recordaba a Kathy Wahlund y, curiosamente, también a sí mismo.

El ascensor se detuvo en la planta baja. Kimble se apeó, seguido de Eastman.

—¿Ha trabajado en otros hospitales? —le preguntó la doctora.

Kimble deseaba conversar con ella, pero al mismo tiempo sabía que no debía hacerlo. Incluso debía evitar verla en otra ocasión.

—Sí —contestó—. Hace mucho tiempo. Las cosas apenas han cambiado.

Kimble tomó en dirección opuesta a la de Eastman, indicando que su charla había concluido. La doctora se giró y dijo:

—Bien, hasta la vista.

Kimble no respondió. Cuando se disponía a salir por la puerta principal, alguien le entregó un folleto murmurando algo acerca de unos seminarios de salud que iban a celebrarse en el hospital. Kimble lo dobló, se lo guardó en el bolsillo y salió a la calle, solo.

Kimble tomó el metro. Al llegar a su apartamento pasó las siguientes horas examinando las fotografías que había cogido en la clínica protésica, tomando nota de los tipos de cables, articulaciones, aparatos electrónicos, tirantes, etcétera, en busca de alguna pista que le condujera al asesino de Helen. Sabía que no podía examinar los archivos de todos los pacientes desde que se había inaugurado la clínica protésica. Lo que necesitaba era familiarizarse con la terminología y la forma en que la clínica organizaba sus datos.

Cuando consiguiera llegar al ordenador, no dispondría de mucho tiempo. Tendría que saber exactamente lo que andaba buscando.

Pero había otra cosa. Su intuición le decía que existía una clave —algo almacenado en su memoria, medio olvidado— que le ayudaría a localizar al asesino; una clave que podía hallar en alguna de las fotografías.

Kimble dedicó toda la mañana a examinar detenidamente las fotografías. Hacia el atardecer, no había dormido y estaba agotado.

Se levantó, procurando no pisar las fotos que había dispuesto cuidadosamente en el suelo y sobre la cama, y se dirigió al lavabo.

Tras empapar un paño en agua fría, se lo aplicó en la frente y se tumbó en la cama.

La idea de que había pasado algo por alto, algo que permanecía oculto en su memoria, le preocupaba bastante. Pero por más que lo intentaba, no conseguía recordar qué era.

Así pues, trató de no pensar más en ello.

En la fría y húmeda oscuridad, tendido en la cama el presente se desvaneció y se encontró de nuevo en su casa, en plena pelea, sujetando algo demasiado frío y duro para ser carne humana...

(El corazón le latía violentamente mientras trataba de apresar a la figura que huía entre las sombras. Le agarró del brazo y tiró con tal fuerza, que pudo haberle partido el hueso. Pero el brazo se soltó y, en la penumbra, Kimble vio el rostro desencajado de dolor del asesino de Helen.

Luego se vio a sí mismo, contemplando el brazo que sostenía en las manos...)

Había olvidado la reacción de dolor del individuo; había estado demasiado impresionado para observar ese detalle.

Quizás había otros detalles que podían ayudarle a dar con él, si conseguía recordarlos.

Una vez más.

(El tacto de un objeto frío, de carne artificial. Kimble tiró de él, lo retorció con fuerza.

De pronto notó que el objeto se soltaba. El hombre reaccionó con dolor. Miró atónito a Kimble y luego corrió hacia la escalera.

En aquel momento oyó la voz de Helen, pero ahora se obligó a hacer caso omiso de sus gemidos y permanecer atento a las pisadas de su agresor mientras bajaba la escalera, abría la puerta y salía precipitadamente...)

Kimble se incorporó en la cama y se quitó el paño de la frente.

En la calle oyó que se cerraba la portezuela de un coche y unos pasos, apresurados, que se dirigían al apartamento.

Kimble se acercó a la ventana.

En primer lugar vio los neumáticos, al nivel de los ojos, y luego, cuando alzó la vista, descubrió que se trataba de varios coches de la policía, aparcados frente al edificio con las puertas abiertas y el motor en marcha.

Kimble sintió como si le hubieran propinado una patada en el pecho y se apartó a toda prisa de la ventana. Instintivamente, se dirigió corriendo hacia la puerta trasera.

Cuando se disponía a abrirla, se detuvo y vio a través del empañado cristal a unos policías aguardando en el patio posterior de la casa.

Se dirigió hacia la parte delantera, pero vio otro grupo de policías apostados en la acera.

Desesperado, Kimble empezó a pasearse describiendo círculos, gimiendo, sin saber qué hacer. Esta vez no podía escapar por un túnel. Todas las salidas estaban vigiladas por la policía.

Sólo le quedaba esperar.

Kimble se preguntó si dispararían contra él. No iba armado, pero la policía lo ignoraba; si permanecía inmóvil, quizá no lo matarían.

Luego pensó que quizá le convenía moverse. Si lo encerraban de nuevo en la cárcel, jamás hallaría al manco. Y estaba seguro de que al final daría con su paradero...

Impotente, Kimble oyó que los policías entraban en la casa para registrarla.

Pero en lugar de bajar al sótano y abrir la puerta de su apartamento de una patada, les oyó subir la escalera.

De pronto soltó una carcajada, un sonido horrible, hueco, que no expresaba alegría, sino una profunda angustia.

Los policías se habían equivocado. Con un poco de suerte tal vez no lo descubrirían.

Los oyó gritar y llamar a una puerta, la cual se abrió al cabo de unos minutos.

Súbitamente, el nieto de la casera salió al patio por la puerta trasera.

Al ver a los policías se detuvo, dio media vuelta y se dirigió corriendo al apartamento de Kimble.

Cuando se disponía a llamar a la puerta, un policía lo agarró del brazo y se lo llevó.

Kimble oyó al joven protestar airadamente mientras el policía le obligaba a subir en uno de los coches aparcados frente a la fachada, así como los sollozos de la casera.

Cerró los ojos y se apoyó contra el frío y húmedo muro del apartamento.

8

—Háblenme del manco —pidió Gerard.

Estaba sentado en su despacho frente a los detectives Kelly y Rosetti, los hombres que habían interrogado a Richard Kimble la noche en que su esposa fue asesinada. Renfro y Biggs también se encontraban presentes. Hasta entonces el interrogatorio se había desarrollado de forma amistosa. Gerard había dejado que sus ayudantes formularan la mayor parte de las preguntas para no intimidar a Kelly y a Rosetti.

—¿Había algo en vuestra investigación inicial que os hiciera pensar que Kimble regresaría a Chicago? —preguntó Renfro.

—Tiene muchos amigos aquí —respondió Rosetti.

Gerard los había escuchado y observado atentamente. Kelly llevaba el pelo mal cortado, en las mejillas se apreciaban unas zonas grises, producto de un afeitado deficiente, que brillaban en contacto con la luz, y el cuello de la camisa se abría por encima del nudo aflojado de la corbata. Gerard se preguntó si también sería tan descuidado con su trabajo. Rosetti iba más pulcro, pero era un tipo pasivo, blando, que se dejaba influir por Kelly.

—¿Y amigas? —preguntó Biggs.

—No hemos hallado ninguna —respondió Kelly.

Gerard no pudo resistirlo y dejó caer la bomba acerca del manco. Kelly y Rosetti se miraron, perplejos.

—¿Ha estado usted alguna vez sentado junto a un corral mientras soplaba un viento fuerte? —preguntó Kelly con una sonrisa que molestó a Gerard—. Pues ahí es donde estábamos cuando Richard Kimble nos contó lo del manco.

—En su informe no consta que investigaran ese tema —replicó Gerard fríamente—. Por eso les he pedido que acudieran a mi despacho.

La jovial expresión de Kelly se endureció ligeramente.

—Esa historia no tiene ningún fundamento. Se supone que los investigadores de Kimble entrevistaron a más de doscientos mancos. No lograron encontrarlo.

Gerard se inclinó adelante y miró a Kelly fijamente.

—¿Me está diciendo que no se les ocurrió verificar la historia?

El detective se puso a la defensiva.

—No, porque no existía la menor evidencia que apoyara la teoría del manco. Todas las pruebas inculpaban a Kimble.

—Gracias por haber venido —dijo Gerard con una amabilidad que no pretendía disimular el desprecio que sentía—. Ya les avisaremos si necesitamos más información.

Kimble sabía que era imposible examinar uno por uno los historiales de todos los pacientes. Era preciso que comprobara los archivos almacenados en los ordenadores de la clínica protésica. Pero por medio de las fotos de los pacientes confiaba en obtener algún dato que le facilitara la labor, pues su intuición insistía machaconamente en que la clave residía en ellas. Pero no disponía de tiempo. Se levantó, se puso las ropas de trabajo y se dirigió al hospital.

Hubiera querido charlar con Anne Eastman, pero era demasiado arriesgado.

Llegó al hospital cuando comenzaba el turno de noche, sacó sus utensilios de trabajo del cuarto de la limpieza y se encaminó hacia la clínica protésica. Al ver a dos policías junto a la puerta de la misma, Kimble dio media vuelta y se dirigió a la sala de urgencias.

El pasillo frente a la sala de urgencias estaba atestado de médicos, enfermeros y enfermeras que se afanaban de un lado a otro; Kimble se asomó a la sala de espera y vio a unos enfermeros que entraban conduciendo unas camillas.

—Rogamos al doctor Clepper-Faith que acuda a urgencias —oyó a través de los altavoces—. Rogamos al doctor Choojitarom que acuda a urgencias... Rogamos al doctor Moroz que acuda...

Cuando se marcharan los policías podría entrar en la clínica protésica sin ser observado, se dijo Kimble, cuando todo el mundo estuviera distraído. Pero se sentía irremediablemente atraído por lo que sucedía al otro lado del pasillo. Después de apartar el cubo y la fregona para evitar que alguien tropezara, se dirigió hacia la puerta de la sala de urgencias.

Anne Eastman acababa de llegar. Sin reparar en Kimble, se acercó a un enfermero que empujaba una camilla sobre la que yacía un niño, aproximadamente de la edad de Josh —el hijo de Kimble—, consciente y con una mirada que expresaba sufrimiento y temor. Eastman le sonrió y acarició la mano para tranquilizarlo.

—¿Qué ha pasado? —preguntó la doctora al enfermero.

—Un autobús se ha caído por un terraplén. Han resultado heridos unos veinte niños.

—¿Cómo está? —inquirió Eastman, señalando al niño que yacía en la camilla.

—Se ha roto el esternón.

Eastman cogió el historial que colgaba a los pies de la camilla y lo examinó. Luego gritó con voz firme y autoritaria:

—¡Por favor, despejen el pasillo!

Los enfermeros trasladaron a los pacientes menos graves a otro lugar. Las puertas de la sala de urgencias se abrieron bruscamente para dar paso a más camillas. El pasillo era una cacofonía de gritos y gemidos. Eastman se puso a dirigir el tráfico mientras se movía rápidamente entre las víctimas. De pronto se volvió hacia Kimble y le ordenó:

—Lleve a este paciente a cuidados intensivos.

Kimble obedeció y empezó a empujar la camilla por el pasillo. El chico que yacía sobre ella —debía de tener unos cinco o seis años, la edad de Josh— gemía suavemente.

Una enfermera depositó unas radiografías sobre el pecho del chico y al inclinarse para observarlas, Kimble se alarmó.

El niño se tocó el esternón y lanzó un grito de dolor. Kimble lo miró sonriendo y preguntó:

—¿Cómo estás, campeón? ¿Dónde te duele?

El niño lo miró con los ojos brillantes.

—Me duele el pecho.

Kimble echó un vistazo a su alrededor y, tras cerciorarse de que nadie lo observaba, palpó el esternón y las costillas del niño con la precisión y habilidad de un experimentado cirujano.

—¿Te duele aquí? —inquirió.

El pequeño asintió, esbozando una mueca de dolor. Kimble examinó de nuevo las radiografías y comprobó que el esternón se había roto de forma que una parte del mismo le oprimía la aorta.

Kimble se dirigió a los ascensores, subió en uno vacío y pulsó el botón de la cuarta planta, donde estaban los quirófanos.

Cuando las puertas del ascensor se cerraron, cogió el historial que colgaba de los pies de la camilla y anotó una orden.

Anne Eastman observó asombrada al empleado de la limpieza, que examinaba atentamente las radiografías del paciente.

Le había intrigado desde el mismo momento en que había topado con él al resbalar en el suelo húmedo del pasillo. Tenía cierto aire misterioso, una expresión inquietante y una curiosa gracia, como si estuviera fuera de lugar en los pasillos del hospital y sin embargo hubiera trabajado allí toda su vida. Eastman captó también en él un aire de tragedia. Por su forma de expresarse, parecía demasiado culto y educado para desempeñar ese trabajo, y la joven doctora supuso que el dolor que había observado en sus ojos tenía algo que ver con todo ello. Ese hombre la atraía e inquietaba al mismo tiempo. Aquella noche, durante las escasas pausas en el trabajo, Eastman pensó en él.

Luego empezaron a llegar las víctimas del accidente y no le quedó ni un momento de respiro. Eastman le vio fruncir el ceño al contemplar las radiografías del chico, y palpar su herida con la destreza de un médico profesional.

De pronto, un enfermero pidió a Eastman que lo ayudara y se olvidó del extraño empleado de la limpieza.

—Ánimo —dijo Kimble al sacar la camilla del ascensor—. Vamos a hacer un viajecito.

A pesar del dolor que expresaba su rostro, el chico miró a su alrededor con curiosidad.

Kimble sabía que, en cierto aspecto, lo que estaba haciendo era una estupidez. Se estaba arriesgando demasiado; si alguien descubría quién había escrito la orden...

Pero no lo descubrirían. Kimble sabía cómo funcionaban los hospitales; sabía que el caos que se había formado abajo los mantendría demasiado ocupados como para pensar en quién había impartido aquella orden. Lo único que les importaba era salvar vidas.

En cuanto a él, merecería la pena arriesgarse si con ello conseguía evitar que un padre oyera las fatales palabras que él mismo había oído hacía cuatro años: «Lo sentimos. Era demasiado tarde. No pudimos hacer nada...». Si podía evitar que una madre padeciera lo que había padecido Helen, en aquellos angustiosos momentos frente a la sala de urgencias, cuando al mirar a Kimble comprendió que su hijo había muerto...

Estaba resuelto a salvar a este niño, aunque para ello tuviera que revelar su verdadera identidad por megafonía.

Al llegar a la puerta del quirófano, Kimble recordó que ya no estaba autorizado a entrar.

En aquel momento salió un cirujano vestido con una bata, con la mascarilla medio desatada y colgándole de la barbilla, Kimble señaló la camilla y dijo:

—Acaban de traer a este paciente.

El cirujano miró las ropas de trabajo que llevaba Kimble y dijo:

—Parece que esta noche andan escasos de personal.

Luego miró el historial del niño y frunció el ceño. Kimble se sintió aliviado. Sin duda se trataba de un médico competente, experimentado, que se hacía cargo de la gravedad de la situación. El niño estaba en buenas manos.

—¡Bob! —exclamó el cirujano a un enfermero—. Lleva a este paciente al quirófano número cuatro.

Cuando alzó la vista, Kimble había desaparecido.

Kimble regresó rápidamente a la primera planta, fue en busca de sus utensilios de limpieza y se dirigió a la clínica protésica. La técnica que había visto la noche anterior estaba de nuevo allí, con los cascos colocados en la cabeza. Cuando Kimble pasó frente a ella lo saludó con la mano y él correspondió a su saludo. Luego entró en la sala del ordenador y cerró la puerta. Las puertas de cristal estaban cubiertas por unas persianas. Kimble las bajó como si fuera a limpiarlas, se acercó al ordenador y lo puso en marcha.

Aunque no era un experto en programas informáticos, poseía los suficientes conocimientos para buscar los archivos en los directorios. La mayoría de los nombres de los archivos resultaban un tanto enigmáticos. El primero que encontró no era el que buscaba, de modo que siguió examinando los directorios.

De pronto encontró el archivo que andaba buscando, un programa llamado demosrch.exe. Cuando Kimble tecleó «demosrch», la pantalla se quedó en blanco durante unos segundos y luego aparecieron las siguientes palabras:

ORGANIZADOR DEMOGRÁFICO DE BÚSQUEDA DEL CLIENTE POR: ¿EDAD, SEXO, RAZA, MIEMBRO U OTROS?

—Sí —murmuró Kimble, y tecleó:

SEXO: VARÓN
EDAD: 35-40 AÑOS
RAZA: CAUCÁSICO
MIEMBRO: BRAZO DERECHO
OTROS: LUGAR DE COLOCACIÓN A MITAD DEL HÚMERO
ANCHURA DE LA MANO:

Kimble se detuvo y cerró los ojos, tratando de recordar las palabras del perito forense durante el juicio:

—... la marca en el cuello de la difunta medía doscientos treinta milímetros, justamente la anchura de la mano del doctor Kimble...

Kimble abrió los ojos y tecleó «225-235». Luego aguardó inclinado sobre el monitor, mientras en la pantalla aparecía un mensaje que decía: «Por favor espere». Al cabo de unos minutos apareció:

NÚMERO DE POSIBLES CANDIDATOS: 75. ¿DESEA SUBDIVIDIRLOS?

—¿Setenta y cinco? —masculló Kimble. Obviamente, el programa tenía acceso a un banco de datos de alcance nacional—. Vaya, pues sí.

Tras reflexionar unos momentos añadió otra característica: «Residencia: Illinois».

Apareció de nuevo una luz verde para indicar que el ordenador estaba procesando los datos. Kimble se incorporó y agitó las persianas para fingir que las estaba limpiando. Luego se inclinó sobre el ordenador mientras en la pantalla aparecían las siguientes palabras:

NÚMERO DE POSIBLES CANDIDATOS: 21.

Veintiuno eran muchos, pensó Kimble preocupado. No disponía del tiempo suficiente para investigarlos a todos. Gerard probablemente andaba pisándole los talones. Luego se frotó los ojos, tratando de concentrarse.

Tenía que existir un medio más rápido. Kimble cerró los ojos, recordando de nuevo el momento en que se había quedado con el brazo ortopédico en la mano. El hombre lo miró atónito, le arrebató la prótesis y echó a correr.

Su intuición le decía que la clave estaba ahí. Tenía que estar ahí. Presentía que estaba a punto de descifrar el enigma, pero no conseguía dar con la respuesta. Sin embargo, sospechaba que sabía dónde podría hallarla.

Kimble alzó una persiana y miró hacia el pasillo.

Afortunadamente, la crisis en la sala de urgencias se había solucionado. Los pacientes habían sido atendidos y dados de alta o bien trasladados al quirófano, a la unidad de cuidados intensivos o a una habitación. Agotada, Anne Eastman echó a caminar lentamente por el pasillo.

Entró en la UCI, murmurando palabras de aliento a los pacientes que podían oírla e incluso a los que estaban inconscientes.

Al salir, se detuvo en la puerta; había algo que no encajaba. Frunció el ceño, preocupada, y de golpe se dio cuenta de que el niño que se había fracturado el esternón ya no estaba allí. La doctora sintió la tristeza que experimentaba siempre cuando moría un paciente. Tan sólo era un niño...

En aquel momento pasó junto a ella la enfermera de la unidad, Gladys O'Malley, y la doctora Eastman le preguntó:

—¿Dónde está el niño que envié aquí?

—¿A qué niño se refiere? —replicó Gladys.

—El que se había fracturado el esternón —respondió la doctora.

La enfermera miró los pacientes que les rodeaban y respondió:

—No lo han traído aquí.

Eastman sintió que un escalofrío le recorría la espalda. El empleado de la limpieza le había parecido un tipo amable e inteligente y se había fiado de él. ¿Acaso era un psicópata y había secuestrado al niño?

No; imposible. Parecía incapaz de semejante atrocidad. Quizá no la había comprendido, o quizás había sido ella quien se había equivocado. No obstante, si el chico no se hallaba en la UCI, ¿dónde demonios estaba?

Subió apresuradamente la escalera hasta la cuarta planta. Al llegar a la zona de los quirófanos vio a Dave Jensen, uno de los cirujanos internos, examinando el historial que sostenía en la mano.

—¿Has visto por aquí a un empleado de la limpieza empujando una camilla? preguntó Eastman.

Dave la miró sorprendido.

—Sí, trajo a un niño —contestó, entregándole el historial–. ¿Has escrito tú esta orden, Anne? No conseguía entender la firma...

Eastman observó la terminología científica. No cabía la menor duda de que la orden había sido redactada por un médico.

–No –respondió–. Vi a...

Jensen la interrumpió:

–Quienquiera que lo haya escrito sabía lo que hacía. El niño está muy grave.

Y tras esas palabras entró en el quirófano. Eastman lo observó boquiabierta, sosteniendo el historial en la mano.

Kimble entró en el almacén de prótesis y contempló los miembros artificiales que colgaban del techo. Al ver un brazo que se extendía desde más allá de la mitad del húmero lo descolgó.

Empezó a mover la articulación del codo (el tacto de piel fría, no viva, bajo sus dedos, la sensación de resistencia al tirar...) fijándose en cómo funcionaba. Y luego tiró con fuerza del brazo y éste quedó colocado en una posición extraña, exactamente como la noche del 20 de enero.

(Más fuerte. Aquella noche había tirado de él con más fuerza, y en la penumbra había visto al hombre esbozar una mueca de dolor, hasta que al fin, aterrado, furioso y desesperado había tirado del brazo enérgicamente y éste se había desprendido...)

Kimble tiró del brazo, girándolo al mismo tiempo, hasta que los mecanismos internos del codo se rompieron.

Kimble esbozó una sonrisa de triunfo. Aquella noche le había roto la prótesis al manco.

Kimble colgó de nuevo el brazo del techo y regresó a la sala del ordenador para comprobar la lista de reparaciones de articulaciones efectuadas entre el 21 de enero y el 1 de febrero.

Cinco nombres. Kimble pulsó la tecla de imprimir, conectó la impresora y miró por entre las persianas a la técnica, la cual seguía absorta en su tarea.

En menos de un minuto tenía impresa la lista de nombres. Kimble arrancó el papel de la impresora, lo guardó en el bolsillo y salió apresuradamente. No se molestó en ir a buscar sus utensilios, pues no tenía necesidad de regresar de nuevo al hospital de Cook County.

En el pasillo se tropezó con Anne Eastman. Kimble la saludó con una inclinación de cabeza y siguió adelante, pero ella lo detuvo.

—¿Por qué le interesan tanto las radiografías de nuestros pacientes? —le preguntó con una mezcla de curiosidad e indignación.

Kimble sintió un escalofrío, pero procuró dominarse.

—¿A qué se refiere? —contestó.

La doctora lo miró incrédula y avanzó hacia él. Kimble retrocedió, asustado.

—No se haga el ingenuo. Le vi examinar las radiografías del muchacho.

—Es una afición... —se justificó Kimble.

—¿Qué otras aficiones tiene? ¿La neurocirugía? —inquirió la doctora Eastman, mientras se acercaba a él—. ¿Qué pretende? Quiero saber por qué llevó a ese niño al quirófano.

—Sólo soy un empleado de la limpieza —respondió Kimble—. Hice lo que me ordenaron.

—¿Quién se lo ordenó?

Kimble miró a la doctora en silencio y comprendió que la mujer había interpretado su silencio como una confesión.

—No se mueva —dijo Anne Eastman, arrancándole la tarjeta de identificación—. Voy a avisar a los guardias de seguridad.

Kimble echó a correr hacia la puerta que conducía a la

salida de la sala de urgencias. Al volverse vio a la doctora, inmóvil, contemplándolo estupefacta.

Aquella noche, Gerard permaneció despierto, contemplando mentalmente en el techo de su habitación el tablón que colgaba en su oficina, el cual mostraba unas zonas del centro de Chicago, con unos alfileres rojos clavados en los lugares donde había aparecido Richard Kimble. En aquel momento sólo había dos: la estación y el club de tenis del doctor Nichols, cerca del Loop.

No eran suficientes pistas. Pero Gerard tenía un presentimiento, y sus presentimientos solían dar buen resultado. Tenía que ver con el hecho de que Richard Kimble había regresado a Chicago, lo cual no tenía el menor sentido. Si lo que Kimble pretendía era huir, lo lógico era que se dirigiera a un lugar lejos de Chicago, pues en su ciudad no tardarían en reconocerlo.

O estaba loco, o tenía un motivo para haber regresado a Chicago. Gerard había observado la mirada de Richard Kimble. Era un hombre desesperado, obsesionado, pero no estaba loco. Había regresado a Chicago por un motivo, y Gerard suponía que era para encontrar al manco.

Por supuesto, la siguiente pregunta era ¿por qué? Existían dos respuestas a esa pregunta; en aquel momento Gerard no sabía cuál creer. La primera era que Richard Kimble era inocente y quería reunir suficientes pruebas para que condenaran al manco.

La segunda resultaba más siniestra y, sin embargo, más creíble: que Kimble era culpable, que había contratado al manco para que asesinara a su esposa y que ahora pretendía cargarle a él las culpas.

Gerard decidió encargar a Poole, Biggs, Newman y Renfro que comprobaran los archivos de todos los hospitales y consultorios médicos de la zona. Si el manco llevaba una prótesis, debía de constar en los archivos de algún hospital.

Suponiendo, claro está, que hubiera adquirido la prótesis en Chicago. Gerard suspiró y se frotó los ojos. Era como buscar una aguja en un pajar; no le extrañaba que los abogados de Kimble hubieran renunciado a encontrar al manco. Los datos eran demasiado escasos: varón, caucásico, de treinta y cinco a cuarenta y cinco años. Según Kimble, la prótesis se había desprendido por encima del codo.

Tratar de capturar a Kimble a través del manco era una empresa poco menos que imposible. Cuando lo encontraran, Kimble lo habría matado y habría huido a otro continente.

Era preciso descartar ese plan de ataque.

Gerard suspiró y se quedó dormido.

El teléfono comenzó a sonar pasada la medianoche. Gerard lo descolgó y dijo:

—Soy Gerard.

—¿Conoce el número veintitrés de Indole Circle, inspector? —le preguntó Renfro.

Gerard cerró los ojos y se frotó el caballete de la nariz.

—Sí. Es un sitio precioso. La semana pasada fui allí a tomar el té —contestó sarcásticamente—. ¿A qué viene esa pregunta?

—Richard Kimble vive allí.

Gerard se incorporó apresuradamente.

—Fue una coincidencia —prosiguió Renfro—. Por lo visto, detuvieron al nieto de la casera de Kimble por vender ácido. Cuando lo trasladaron a la comisaría, el chico casi se muere del susto al ver las fotografías de Kimble.

Pero Gerard apenas oyó lo que le decía. Arrojó el teléfono, saltó de la cama y empezó a vestirse.

Al cabo de una hora, Gerard bajó la escalera y se encontró con Renfro en el apartamento de Kimble. Newman se hallaba de pie junto a ellos, contemplando las fotografías y carpetas diseminadas sobre la cama, mientras el perito sacaba las huellas dactilares.

—Ya sé a quién pertenecen las huellas —dijo Renfro, sonriendo—. He hablado con la casera y ha identificado a Kimble. Tenemos a dos testigos presenciales.

Gerard echó un vistazo alrededor del lúgubre apartamento. El mobiliario consistía en un oxidado lavabo y un retrete ocultos en un hueco del tamaño de un armario, una desvencijada mesa y un pequeño lecho. Gerard se acercó a la cama para ver más de cerca las fotografías y Newman se apartó discretamente.

—¿Qué tal el oído? —le preguntó Gerard.

—Perfectamente —contestó Newman secamente, erigiendo un muro invisible entre ellos.

«Eso es justamente lo que necesita para sobrevivir en esta profesión —pensó Gerard—: pertrecharse tras un muro invisible.» Ése era el motivo de que se metiera continuamente con su joven ayudante, tal como habían hecho sus superiores con él hacía más de veinte años.

Gerard se inclinó para examinar los documentos. En todas las fotografías aparecían unos brazos artificiales, la mayoría de los cuales se extendían más allá del codo. Así pues, tenía razón. Kimble había regresado a Chicago para buscar al manco. Y su búsqueda conduciría al jefe de la policía hasta él.

Gerard extendió el brazo para coger una carpeta, pero se detuvo y miró al perito forense, el cual había terminado de recoger las huellas dactilares de las fotografías que estaban diseminadas sobre la cama.

—Adelante, ya puede cogerla —indicó el perito—. Pero procure no borrar ninguna huella.

Gerard cogió la carpeta por los bordes y la abrió. Contenía la fotografía de una prótesis y las notas del médico que se la había facilitado al paciente.

—Ya hemos examinado la mayoría de las carpetas —dijo Newman—. No contienen el nombre de la clínica ni el hospital.

Gerard frunció el ceño. No se trataba de un historial médico, sino de un documento para uso de las personas que diseñaban las prótesis. No contenía el nombre ni la dirección del paciente, tan sólo el apellido anotado al dorso de la fotografía. Gerard imaginó que Kimble se habría llevado un chasco al examinar las carpetas en el apartamento y comprobar que no contenían el historial médico de los pacientes. ¿O acaso buscaba otra cosa?

—En ese caso las examinaremos todas —dijo Gerard, tratando de disimular su decepción—. Y utilizaremos los apellidos como punto de partida...

Cerró la carpeta y la depositó de nuevo sobre la cama.

Entretanto, Newman había estado examinando un montón de carpetas que había sobre la cama, comprobando si todas contenían el mismo tipo de información. Gerard lo observó mientras Newman cogía la última carpeta, debajo de la cual halló un papel doblado.

—¿Habéis sacado las huellas de este papel? —dijo Newman al perito, pero Gerard se apresuró a leerlo:

HOSPITAL DE COOK COUNTY
SEMINARIOS DE SALUD PÚBLICA
Enero es el mes del cuidado de la salud femenina.

Kimble cogió el ferrocarril elevado desde el hospital y caminó unas manzanas hasta el pequeño apartamento, tratando de decidir qué debía hacer.

Era peligroso regresar al hospital de Cook County, pues podía toparse con Anne Eastman y ésta lo denunciaría. Kimble quería devolver las carpetas a la clínica —los técnicos y los pacientes las necesitaban–, y decidió enviarlas por correo.

Con el cuello del abrigo levantado para protegerse del viento, tomó hacia Indole Circle, caminando con cautela por el resbaladizo asfalto. Súbitamente, a menos de una manzana de distancia, se detuvo en seco, presintiendo el peligro.

Frente a su apartamento estaban aparcados dos sedanes. La luz de la ventana del sótano iluminaba la acera y se reflejaba en los parabrisas, los cromados y el hielo.

Kimble notó que el corazón le latía aceleradamente. Sabía que esos coches pertenecían a la policía, y había visto a Gerard conduciendo uno de ellos. Lo que no comprendía era cómo habían conseguido averiguar su paradero. Anne Eastman no conocía sus señas.

De pronto lo comprendió: esto no tenía nada que ver con Eastman ni con el hospital, sino con la detención del nieto de su casera. Lo habían trasladado a la comisaría, donde seguramente había visto la foto de Kimble pegada en las paredes...

Kimble dio media vuelta y echó a correr.

A la mañana siguiente, Gerard atravesaba los pasillos del hospital de Cook County, acompañado por Renfro, Biggs y Poole, pensando en que Kimble también los había recorrido hacía menos de doce horas.

Los tres policías se acercaron a un enfermero de la sala de urgencias, quien asintió al ver la foto de Kimble que le mostró Renfro, mientras Gerard interrogaba a la doctora que había estado a cargo del departamento de urgencias la noche anterior, Anne Eastman. Era una mujer joven, de aspecto cansado, quien no se dejó impresionar por La Mirada. A Gerard le cayó bien desde el principio, pero se mostró duro con ella.

—Desmondo José Ruiz —dijo Gerard, observando la tarjeta de identificación que sostenía en la mano. La foto que figuraba en ella era la de Richard Kimble—. De modo que un tipo vestido como un empleado de la limpieza ordena una operación de emergencia y a usted sólo se le ocurre arrancarle la tarjeta de identificación...

Eastman lo miró irritada y respondió:

—Gracias a él logramos salvar la vida de un niño.

Gerard se preguntó si había tenido tiempo de conocer a fondo a Kimble; era joven, atractiva y Kimble sin duda se sentía muy solo. Eastman tenía una mirada directa, franca. No obstante, Gerard la miró a los ojos y preguntó:

—¿Así que usted ignoraba que se había escapado de un autobús que lo trasladaba a la penitenciaría de Menard, donde iba a ser ejecutado?

Eastman lo miró horrorizada y Gerard añadió:

—Asesinó a su esposa.

La joven doctora se quedó estupefacta. El jefe de policía sonrió satisfecho, pensando que no era probable que estuviera dispuesta a ayudar a Kimble en el futuro.

—Gracias por su colaboración, doctora —dijo.

Gerard imaginó a Kimble la noche anterior empujando la camilla del chico, vestido con el uniforme del empleado de la limpieza, sin que nadie se fijara en él. Casi podía olerlo, tocarlo...

Vio a Kimble avanzando por los pasillos, contemplando al niño tendido en la camilla, quien no dejaba de gemir. Y el cirujano se había sentido conmovido...

Gerard descartó estos pensamientos.

Renfro terminó de interrogar al enfermero.

—Lo que no alcanzo a comprender —dijo—, es por qué permaneció Kimble en el hospital. Está atestado de policías.

—Porque le atrae el riesgo —observó Poole.

—O porque su herida era más grave de lo que creíamos

—terció Biggs—. Quizás estaba infectada y tuvo que curársela...

—Pero eso no explica el que se molestara en ayudar al chico —añadió Renfro.

De pronto, Gerard se fijó en un hombre de mediana edad. Había algo en él que le llamó la atención y comenzó a seguirle los pasos.

Era su brazo izquierdo, que colgaba de un modo un tanto extraño. Al acercarse, Gerard comprobó que el color de la mano que asomaba por la manga no era igual al resto de la piel.

Siguió al hombre a través de los pasillos hasta que, inesperadamente, se detuvo frente a una puerta de cristal y, girándose, le espetó:

—¿Puedo ayudarlo?

Gerard sonrió y miró una puerta que decía: «Clínica protésica».

—Gracias —respondió—. Creo que ya lo ha hecho.

En aquel momento, Kimble también estaba realizando unas pesquisas. Tras pasar la noche en un hotelucho de mala muerte, había caminado hasta dar con un bar que reunía los requisitos que necesitaba: tenía un teléfono público, no estaba atestado de gente y abría a las nueve de la mañana.

Kimble pasó a través de la nube de humo que ascendía serpenteando hacia el techo, pidió una cerveza, la dejó intacta en el mostrador y se dirigió hacia la parte trasera del establecimiento.

En un oscuro pasillo que apestaba a orines y a tabaco halló el teléfono junto a una guía de Chicago, de la cual obtuvo los números de cuatro nombres de los que figuraban en la lista de la clínica. El quinto se lo preguntó a la telefonista.

En la guía encontró tres posibles números para el primer nombre de la lista, Raymond Johnston: un R. A. Johnston, un R. J. Johnston y un Ray Johnston. Llamó a los tres números. R. A. se llamaba Robert y R. J. se negó a facilitarle su nombre, pero quería saber quién demonios era ese tal Raymond. Al llamar al tercer número contestó la esposa de Ray Johnston.

—Soy el doctor Elway, del hospital de Cook County —dijo Kimble—. Estoy realizando un informe sobre Raymond Johnston para la clínica protésica... ¿Es éste el número?

—Sí —respondió la mujer—. Ray está en cama con gripe. ¿Qué desea saber?

—Quería hacerle unas preguntas acerca de la prótesis. ¿Está satisfecho con ella?

—Oh, sí, aunque a veces se queja de que le cuesta mover el brazo.

—Es el derecho, ¿verdad? —preguntó Kimble.

—Sí. Por regla general, la gente no se da cuenta de que lleva una prótesis.

Kimble aconsejó a la mujer que Ray se pusiera en contacto con la clínica si seguía teniendo molestias con el brazo derecho y colgó.

Luego llamó a un tal Costas Milkis, un enfermo crónico que ya llevaba un año y medio en una silla de ruedas.

El tercero, Matthew Zelick, había fallecido. Kimble se disculpó con su esposa por haberla molestado y colgó. Sólo le quedaban dos números: Clive Driscoll y Frederick Sykes. Uno de ellos era el hombre que había asesinado a Helen. Kimble miró los dos nombres, tratando de decidir cuál de ellos parecía el de un asesino.

Al fin marcó el número de Driscoll. Contestó un hombre.

—Quisiera hablar con Clive Driscoll —dijo Kimble, tratando de dominar sus nervios.

—No está —respondió el hombre, receloso—. Soy Jesse, su hermano. ¿Quién habla?

—Me llamo Ted Riley y soy el presidente del comité de reunión de la escuela a la que asistía su hermano. Hace tiempo que no sabemos nada de él...

—Clive está en la cárcel. La policía dice que trató de asaltar un banco.

En aquel instante Kimble recordó haber forcejeado con el intruso, obligándole a soltar la pistola, precipitándose sobre el arma...

—¡Es increíble! —contestó con una risa forzada—. ¿Asalto a mano armada? ¿Dónde dice que está?

—En la prisión federal. Ya sabe, la que está cerca de la estación...

—Sí, ya la conozco —respondió Kimble con ironía—. Gracias...

Luego marcó el número de Sykes, pero no respondió nadie. Probablemente se había marchado a trabajar.

Kimble colgó el auricular y repasó la lista de nombres. El asesino era Driscoll, no le cabía la menor duda, y sin embargo se resistía a reconocerlo. Porque si Driscoll era el asesino, sólo había una forma de llegar hasta él, y ésta significaba la muerte.

Al mismo tiempo, Kimble sabía que no tenía elección. Se guardó la lista en el bolsillo y salió del bar, a la luz del sol.

9

Gerard se hallaba de pie junto al ordenador de la clínica protésica, mientras Renfro y Poole, impresionados, observaban a un técnico mientras éste enseñaba a Biggs cómo utilizar una prótesis. La clínica era un lugar muy interesante, pero Gerard apenas prestó atención al técnico ni a las proezas de Biggs, quien estaba flexionando un músculo del hombro para hacer que la mano artificial se cerrara.

En aquel momento, Gerard estaba demasiado preocupado para fijarse en esas cosas. Su presentimiento había resultado cierto. El manco existía, y Kimble lo andaba buscando. Esto significaba que la teoría de Gerard de que Kimble había contratado a un asesino a sueldo también era cierta.

En cualquier caso, Gerard no quería que nadie se le adelantara. Sin embargo, no podía evitar sentirse preocupado por el hecho de que el manco no fuera simplemente producto de la imaginación de un asesino desesperado. Kimble había dicho la verdad, al menos en lo referente a la existencia del manco.

La directora de la clínica estaba junto a él, observando con orgullo mientras Biggs flexionaba la mano artificial. Tenía el mismo aspecto que sus compañeros: pálida, con gafas, rechoncha y con un aire de profunda satisfacción por el trabajo que realizaba. Parecía más interesada en mostrarles el lugar que en responder a las preguntas de Gerard.

—Explíqueme de nuevo cómo podemos localizar a un sospechoso —repitió Gerard.

La directora se volvió hacia él y lo miró perpleja.

—Oh —contestó, y por el tono de su voz era evidente que había olvidado de qué estaba hablando. Luego miró el ordenador, ante el cual estaba sentado un técnico esperando que le diera las oportunas instrucciones, y prosiguió—: Los archivos son muy sencillos de interpretar si conoce los parámetros de la persona a la que busca.

Gerard observó la pantalla del ordenador. Nada de lo que veía en ella le parecía sencillo.

El técnico sentado ante el ordenador le sonrió, como dándole a entender que la directora era una imbécil, y empezó a manipular el teclado a increíble velocidad.

—Dispone usted de un grupo inicial de trescientos veinticinco varones blancos —dijo.

Gerard llamó a Poole, que estaba acariciando la prótesis que llevaba Biggs en el brazo y murmuraba algo sobre realismo, y le ordenó con sequedad:

—Léeme la declaración que hizo Kimble la noche del asesinato.

Poole sacó una carpeta de la cartera que sostenía en la mano y la abrió.

—Me refiero al manco —dijo Gerard con impaciencia—. ¿Le falta la mano derecha o izquierda?

—La derecha —contestó Poole.

El técnico introdujo el dato en el ordenador y al cabo de unos instantes apareció en la pantalla del monitor un número: 250.

—Tiene entre treinta y cinco y cuarenta y cinco años —prosiguió Poole.

Los dedos del técnico ejecutaron un veloz allegro sobre el teclado y en la pantalla apareció el número 117.

—Reside en la zona de Chicago —añadió Gerard.

Cincuenta y tres.

Gerard observó el número, reflexionando.

El técnico le preguntó:

—¿Conoce el lugar donde lleva sujeta la prótesis?

—En el cóndilo interno del húmero —contestó Gerard.

El técnico lo miró desconcertado y Poole aclaró:

—A mitad del húmero.

—Veinte.

—Tardaríamos una semana en verificar cada uno de esos nombres —se quejó Renfro, pero guardó silencio cuando Gerard le dirigió una mirada de reproche.

Gerard descolgó el teléfono que había junto a él sin pedir permiso y marcó un número.

—Stevens —dijo cuando contestó su interlocutor—, quiero que compruebes los antecedentes penales de los siguientes nombres.

Kimble se detuvo en la acera y contempló el imponente edificio de piedra gris que se alzaba al otro lado de la concurrida calle. Al verlo sintió una intensa emoción y el corazón empezó a latirle aceleradamente.

De camino allí, se había detenido dos veces para telefonear al quinto hombre de la lista, Frederick Sykes, pero no le había respondido nadie.

Debía apresurarse. Gerard le estaría pisando los talones y tenía que enfrentarse a Clive Driscoll.

Cuando el semáforo se puso verde, Kimble respiró hondo y cruzó la calle. Al atravesar la puerta giratoria que conducía al vestíbulo de la prisión federal, se juró que si le reconocían antes de que viera a Driscoll y lo identificara como el asesino de Helen, echaría a correr, aunque lo mataran de un tiro en la espalda. Al menos sería una muerte más rápida que aguardar la ejecución de la sentencia en la penitenciaría de Menard.

Y si lograba reconocer a Driscoll...

La perspectiva de mirar a los ojos al asesino de su mujer le producía una profunda repugnancia. No estaba seguro de lo que haría ni de lo que diría; ni siquiera estaba seguro de que no fuera a abalanzarse contra los barrotes de la celda.

Pero debía hacerlo. No tenía pruebas contra él. Debía conseguir algo antes de acudir a la policía.

Kimble se detuvo en el vestíbulo, tratando de no dar la impresión de sentirse incómodo y fuera de lugar mientras examinaba el directorio junto a los ascensores, y luego oprimió el botón de subida.

La puerta de uno de los ascensores se abrió inmediatamente; en él viajaba media docena de policías que subían del aparcamiento situado en el sótano. Kimble contuvo el impulso de echar a correr y permaneció inmóvil, mirando a los policías y preguntándose si sospecharían de él si se dirigía al otro ascensor.

Decidió que no era prudente. En el ascensor cabían otras dos o tres personas.

—¿Entra o no? —le preguntó un policía, sosteniendo la puerta abierta.

Kimble subió en el ascensor y dio la espalda a los policías, tratando de ignorarlos y con la vista clavada en el techo. El policía que estaba a su lado lo observó detenidamente y luego bostezó.

El viejo ascensor subía lentamente. Impaciente, Kimble empezó a contar los pisos.

De golpe, poco antes de alcanzar su destino, el ascensor se detuvo entre dos plantas. Las luces comenzaron a parpadear y Kimble agachó la cabeza, tratando de disimular su terror.

—¡Mierda! —exclamó un policía—. Otra vez...

—¿Ha traído alguien una baraja de cartas? —preguntó otro en broma.

El ascensor se puso de nuevo en marcha. Al llegar al

quinto piso se abrieron las puertas y Kimble salió al rellano. De inmediato percibió un hedor a sudor, metal y desesperación, combinado con un leve aroma a algodón procedente de la lavandería y a tomates enlatados que salía de la cocina.

Ante el mostrador de recepción había una joven con los ojos llenos de lágrimas que sostenía un pañuelo de papel arrugado.

—La cabina número tres —dijo el policía con voz monótona, como si hubiera aprendido las palabras de memoria pero desconociera su significado—. No ponga las manos sobre el cristal. Cinco minutos máximo. Debo advertirle que su conversación puede ser grabada. El siguiente.

El policía pronunció la última frase tan rápidamente que la joven vaciló unos instantes, indecisa. Luego se giró hacia la derecha y se dirigió a uno de los cubículos sobre los cuales figuraba un número.

Kimble se acercó al mostrador.

El policía se miró una verruga que tenía en el dedo medio y preguntó:

—¿Nombre del preso?

—Clive Driscoll —respondió Kimble.

Sin levantar la vista, el policía le entregó un formulario y dijo:

—Firme aquí y escriba con mayúsculas su nombre, su dirección y su relación con el preso. —Luego se inclinó hacia delante y prosiguió con el mismo tono de voz—: Dos cero diez. Driscoll, Clive R.

En la casilla que decía «nombre», Kimble escribió «Jesse Pulver» y la dirección que había hallado en la guía telefónica. Junto a la palabra «relación» escribió «amigo» y devolvió el formulario al policía.

Éste lo examinó brevemente y siguió contemplándose la verruga.

—Saldrá dentro de cinco minutos. Puede esperar ahí —dijo, indicando una hilera de sillas frente al mostrador.

Kimble se sentó en una desvencijada silla y agachó la cabeza. Al cabo de seis minutos, durante los cuales se sintió frecuentemente tentado de levantarse y salir corriendo, el policía se inclinó sobre el mostrador y preguntó:

—¿Ha venido a ver a Driscoll?

Kimble se levantó de un salto.

—La cabina número siete —anunció mecánicamente el policía—. No ponga las manos en el cristal. Debo advertirle...

Kimble no oyó el resto. Se dirigió con paso decidido hacia la cabina número siete, contemplando mentalmente la imagen del asesino de Helen: un hombre de tez olivácea, el cabello oscuro y rizado y los ojos negros. En sus toscas facciones se reflejaba una expresión de rabia y asombro...

Kimble respiró hondo y se sentó frente a Driscoll.

Driscoll era un hombre menudo, delgado, de ojos castaños y mirada inquieta. Tenía las manos —una auténtica, la otra artificial— apoyadas en el mostrador mientras miraba a Kimble a través del cristal que los separaba.

—¿Quién es usted? —inquirió.

Se había equivocado de hombre. Lo había arriesgado todo al visitarlo y al final no era el hombre que buscaba. En aquel momento Kimble deseó estar lejos, lejos de Driscoll y de aquel pestilente lugar.

—No importa —masculló—. He cometido un error.

—Da lo mismo —dijo Driscoll, mirándolo con una expresión de infinita soledad—. Quédese a charlar un rato conmigo...

Kimble se levantó y se dirigió hacia los ascensores, donde había otro grupo de policías aguardando.

Al verlos dio media vuelta y se encaminó por el pasillo hacia una puerta que decía ESCALERA.

Tras unas cuantas llamadas telefónicas la lista de Gerard había quedado reducida a seis nombres. Poole y Renfro llamaron a tres, mientras Gerard y Biggs se encargaban de los tres restantes. Como es lógico, al primero que llamaron fue a Driscoll. El hecho de que fueran a juzgarlo por robo a mano armada lo convertía en el principal sospechoso.

En compañía de Biggs, Gerard atravesó el vestíbulo de la planta baja de la prisión federal y mostró su placa a la recepcionista.

—Queremos ver a un prisionero.

La joven le indicó los ascensores y respondió:

—Quinto piso.

Gerard y Biggs se dirigieron a los ascensores, que estaban detenidos en los pisos superiores.

—Parece inverosímil —comentó Biggs—. Ese tipo lo arriesga todo para dar con un manco que sus investigadores no han conseguido encontrar. No lo entiendo.

Gerard no respondió. Sabía que Biggs y los otros empezaban a pensar que Kimble pudiera haber dicho la verdad, pero Gerard no podía aceptarlo.

Inverosímil.

—Nada es inverosímil —replicó Gerard secamente.

Turbado, Biggs se volvió rápidamente, pero su rostro mostraba una expresión de incredulidad que irritó a Gerard. Pulsó de nuevo el botón de la planta baja y preguntó:

—¿Dónde está la maldita escalera?

—¡Son cinco pisos! —exclamó Biggs.

Gerard miró a su corpulento ayudante y dijo con desdén:

—Espérame aquí.

Sin volverse para comprobar si Biggs lo seguía, se dirigió hacia la puerta que decía ESCALERA.

Subió los escalones de dos en dos. Al llegar al tercer piso se inclinó sobre la barandilla para mirar hacia abajo, pero no vio a Biggs. Evidentemente, había decidido esperar el ascensor. Gerard siguió adelante y en el descansillo del cuarto piso se topó con un hombre que bajaba la escalera.

Era un individuo de cabello oscuro y aspecto normal y corriente.

Gerard no alcanzó a verle la cara, pues tenía la cabeza agachada. De pronto, el jefe de policía tuvo un presentimiento y se detuvo. Poole habría dicho que había olido a su presa.

Gerard se inclinó sobre la barandilla y vio al hombre corriendo escaleras abajo.

—¡Kimble! —gritó.

Las demás personas que había en la escalera lo miraron con curiosidad. El individuo de cabello oscuro tropezó, casi perdió el equilibrio y apresuró el paso.

El tropezón confirmó las sospechas de Gerard. Sacó el revólver y corrió tras él, gritando:

—¡Kimble!

El hombre echó a correr a toda velocidad. Gerard trató de alcanzarlo pero no pudo y se dirigió a la puerta del descansillo. Al abrirla estuvo a punto de chocar con un policía de Chicago.

—¡Soy el jefe de policía Gerard! —gritó—. Llame a su superior y comuníquele que uno de los fugitivos más buscados se oculta en este edificio.

Luego echó a correr de nuevo escalera abajo, salvando los escalones de dos en dos.

Cuando Kimble atravesó la puerta de incendios de la planta baja estaba agotado y sin resuello. Jamás había sentido tal terror, ni siquiera cuando se encontró atrapado en el autobús y vio el tren que se les echaba encima, ni cuando se arrojó a la presa de Barkley. El sonido de su nombre en labios del implacable policía era más temible que el estruendo de una locomotora.

Pero no podía morir ahora, cuando estaba a punto de encontrar al asesino de Helen.

Al penetrar en el vestíbulo, vio junto a la puerta a dos policías uniformados, que desenfundaron y se dirigieron hacia él.

—¡Hay un hombre en la escalera con un arma y gritando como un loco! —exclamó Kimble.

Los policías subieron la escalera precipitadamente.

Kimble se dirigió hacia la puerta giratoria. Gerard tardaría unos minutos en darle alcance. Si lograba salir a la calle, estaba salvado.

De pronto empezó a sonar una alarma.

Los peatones que rodeaban a Kimble se detuvieron, perplejos, mientras los policías sacaban sus armas.

Kimble echó a correr y consiguió introducir un pie en la puerta giratoria, la cual empezaba a cerrarse. Pero en aquel momento entró un hombre y, al darse cuenta de que Kimble pretendía huir, tiró de la puerta, atrapándolo en el interior del edificio.

Al cabo de unos segundos Kimble oyó que las otras puertas se cerraban electrónicamente.

Kimble se lanzó contra la puerta giratoria y el mecanismo cedió unos centímetros. Poco a poco consiguió introducir un brazo y luego una pierna.

—¡Todo el mundo al suelo! —gritó Kimble.

El hombre que sujetaba la puerta se arrojó de bruces al suelo mientras Kimble seguía forcejeando. De pronto vio a un hombre, de pie en medio del vestíbulo, que lo contemplaba fijamente.

Eso no es asunto mío.

Tras grandes esfuerzos, Kimble logró introducir el resto de su cuerpo por la estrecha abertura y trató de huir, pero el pie derecho le había quedado atrapado en la puerta y cayó. Desesperado, se volvió y vio que Gerard se precipitaba hacia él y le apuntaba a la cabeza con el revólver.

Kimble trató de zafarse, gimiendo como un animal atrapado, sin perder de vista a su perseguidor.

Gerard se arrodilló detrás de la puerta giratoria. Estaba lo bastante cerca de su presa para matarlo de un tiro, y en sus ojos Kimble vio una escalofriante combinación de frialdad y lástima.

Eso no es asunto mío.

De golpe, la alarma cesó de sonar. Kimble se volvió y, de rodillas, intentó avanzar arañando la acera sobre la que caían unos copos de nieve.

Gerard disparó siete veces en dos segundos. Kimble cayó antes de que sonara el primer disparo.

La gente comenzó a chillar y sus gritos, junto con los disparos, resonaron durante unos segundos. Luego, el vestíbulo quedó en silencio.

Gerard se levantó y se acercó a la puerta. Al otro lado del cristal destrozado por las balas, Richard Kimble lo observó aturdido.

Durante unos instantes los dos hombres se miraron fijamente.

De pronto, con un esfuerzo sobrehumano, Kimble consiguió liberarse y echó a correr.

Gerard observó a Kimble atravesar la calle y desaparecer tras un grupo de peatones. Furioso, empezó a aporrear el cristal, gritando:

—¡Abrid las puertas!

Biggs se acercó a él, sosteniendo la pistola en la mano. Gerard seguía con los ojos clavados en la calle. Al retroceder, pisó un objeto pequeño y duro. Era una de las siete balas que había disparado.

—Es un cristal antibalas —dijo Biggs innecesariamente.

Gerard lo miró rabioso.

La puerta giratoria empezó a abrirse lentamente, mientras Gerard contemplaba el lugar por donde su presa se había perdido de vista.

Al llegar al apartamento de Frederick Sykes, Kimble comprobó que estaba situado en un viejo edificio de piedra, de dos plantas, con una entrada delantera y otra posterior. Kimble entró en una pizzería situada al otro lado de la calle y observó el apartamento de Sykes mientras marcaba su número de teléfono.

Después de dejar que sonara diez veces, colgó y se dirigió hacia la puerta de la pizzería, deteniéndose frente a la ventana para contemplar la calle.

Parecía desierta. Kimble salió del establecimiento y se detuvo al ver a un hombre que sostenía una taza de café en cada mano y se dirigía a un coche aparcado frente al edificio donde vivía Sykes. La mujer sentada en el interior del vehículo le abrió la puerta. El hombre le entregó una taza y antes de subirse al coche se palpó la pistola que llevaba en la cadera.

Luego tomó asiento junto a la mujer y ambos se tomaron el café sin apartar la vista del apartamento de Sykes.

Kimble dio media vuelta y se dirigió hacia la parte trasera de la pizzería. En cierto aspecto, la presencia de los policías era gratificante, pues significaba que Sykes estaba bajo sospecha. Quizás había sido el propio Gerard quien había ordenado que lo vigilaran, lo cual significaba que creía en la existencia del manco.

Kimble esbozó una mueca. Imposible; hacía un par de horas, Gerard había tratado de matarlo, lo cual significaba que sabía que el manco estaba implicado en el asunto, pero no hasta qué punto.

Era un hijo de puta, pero era su única oportunidad. Gerard era implacable; si llegaba a convencerse de la inocencia de Kimble, no descansaría hasta conseguir que se hiciera justicia.

Pero Kimble tenía la sensación de que le resultaría muy difícil convencerlo.

Se deslizó por unos callejones hacia la parte trasera del edificio donde vivía Sykes. Al llegar allí trepó por la escalera de incendios hasta su apartamento. No era empresa fácil, pues la escalera terminaba a tres metros del suelo y Kimble tuvo que encaramarse sobre la repisa de una ventana y saltar. Por otra parte, estaba agotado debido a la falta de sueño y a las emociones de los últimos dos días. El esfuerzo por liberarse tras quedar atrapado en la puerta giratoria lo había dejado exhausto y con todos los músculos del cuerpo doloridos. Pero tenía que seguir adelante, pues Sykes era el último sospechoso de la lista.

Si Sykes no era el asesino...

Kimble no se permitió el lujo de considerar esta posibilidad. Al llegar a la altura del apartamento de Sykes, se detuvo y atisbó por la ventana.

No había ninguna luz encendida ni señales de que hubiera alguien en casa. La cocina estaba a oscuras, y junto al fregadero había un montón de platos sucios.

Kimble llamó a la puerta trasera y aguardó medio minuto antes de llamar otra vez. Nadie respondió. Luego retrocedió unos pasos, volviéndose para comprobar que no había nadie en el callejón, y rompió el cristal de la ventana de un puñetazo.

La ventana quedó hecha añicos. Un pedazo de cristal se deslizó entre los pies de Kimble y cayó al callejón, mientras otros fragmentos caían en el interior de la cocina.

Kimble abrió la puerta y penetró en la cocina, luego cerró la puerta tras él. Había cometido el delito número diez: entrar por la fuerza en una casa.

El apartamento estaba a oscuras y silencioso. Kimble se dirigió hacia el cuarto de estar, una habitación amueblada modestamente, aunque a él le pareció un palacio. No había chimenea, tan sólo un amplio y viejo sofá, un desvencijado sillón, una mesa y un pequeño televisor.

Kimble se detuvo junto a la mesa y contempló las fotografías de una joven que lucía un uniforme de animadora y de un muchacho vestido de futbolista. Al verlas, Kimble comprendió que se había equivocado. Ese hombre era un padre de familia, no podía tratarse de un asesino...

Luego cogió la fotografía de un individuo de unos treinta años, vestido con el uniforme del departamento de policía de Chicago. Estaba muy tieso, con los brazos cruzados y mirando al fotógrafo con una expresión de asombro reflejada en sus grandes ojos oscuros.

La misma expresión que había observado Kimble la noche que había forcejeado con él y le había arrancado el brazo artificial.

10

Kimble depositó la fotografía en la mesa con manos temblorosas y una sensación de triunfo y horror. El hombre que aparecía en la instantánea tenía el rostro, los ojos oscuros y el cabello rizado que recordaba Kimble.

Al fin había dado con el asesino de su esposa: Frederick Sykes. Ahora lo único que tenía que hacer era encontrar alguna prueba que demostrara su culpabilidad. Pero ¿qué? Kimble no había pensado en ello, quizá porque no creía que pudiera llegar tan lejos.

Tras dudar unos instantes, estudió de nuevo la fotografía. El hombre —sin duda se trataba de Sykes— no parecía llevar una prótesis. Pero la foto había sido tomada por lo menos hacía diez años y era muy posible que Sykes hubiera sufrido un accidente que le hubiera causado la pérdida del brazo y que luego se hubiera retirado.

¿O era posible que Kimble estuviera tan desesperado por encontrar al asesino de su esposa que había llegado a convencerse de la culpabilidad de Sykes? Sólo lo había visto en la penumbra, durante unos pocos segundos de lucha que se había producido hacía un año...

Sin saber lo que andaba buscando, Kimble atravesó el pasillo que conducía al pequeño dormitorio. Tan sólo contenía una mesa, una cómoda, una cama y una almohada. Era evidente que Sykes vivía solo. Kimble registró el armario y luego la cómoda. Al abrir el cajón inferior, mientras examinaba unas camisas y unos calzoncillos, su mano rozó de pronto un objeto de plástico, duro y frío.

(El tacto de piel fría, inerte, bajo sus dedos; la sensación de resistencia al tirar...)

Sacó del cajón un brazo artificial, un tanto deteriorado y descolorido. Pero una parte del mismo parecía haber sido reparada hacía poco. Kimble se sentó en la silla frente a la mesa y rompió a llorar.

Cuando se hubo recobrado, empezó a registrar los cajones de la mesa. Encontró varias cajas de lápices, gomas de borrar, grapas y una carpeta que contenía unos documentos financieros, pero lo que más le llamó la atención fueron unas fotografías.

Casi todas eran fotos de los hijos de Sykes. En una de ellas aparecía un niño de corta edad, que según supuso Kimble sería su nieto. Pero lo que más le interesó fueron unas fotos de Sykes tomadas durante unas vacaciones. En una de ellas aparecía posando junto a un enorme pescado.

Kimble miró la foto detenidamente. En ella había otro hombre junto a Sykes, más joven y mejor vestido que éste, cuyo rostro le resultaba vagamente conocido.

Kimble cerró los ojos, tratando de reconocerlo, hasta que al fin oyó la voz de Charlie Nichols: «¡Richard! Acabo de ver a alguien que desea conocerte... Éste es Richard Kimble... Te presento a Alex Lentz. Alex trabaja en las pruebas del RDU90 para Devlin-Macgregor».

Sí. Kimble abrió los ojos y contempló el rostro sonriente y bronceado de Lentz.

«Estos últimos días nos hemos telefoneado con frecuencia —le había dicho él—. Sobre el informe de una biopsia que le devolví, ¿lo recuerda?»

La siguiente imagen de aquella terrible noche consistía en los cansados ojos de Falawi observándolo sobre su máscara verde pálido, mientras él y Kimble se esforzaban en detener la hemorragia del hombre que yacía sobre la mesa en el quirófano. «Está en el estudio de un fármaco. El RDU90.»

Y luego la mirada hostil de Alex Lentz mientras lo observaba desde el otro lado de la sala de baile...

Kimble se sentía inquieto, como si se hallara al borde de un precipicio, pero siguió registrando los cajones de la mesa. De una carpeta llena de facturas y recibos extrajo las matrices de unos cheques. En la esquina superior derecha figuraba el logotipo de Devlin-Macgregor Pharmaceutical y, junto a la cantidad neta, las siguientes palabras mecanografiadas: «Nómina nivel cuarto: Seguridad».

Kimble se quedó estupefacto, como si de pronto hubiera tenido una revelación.

¿Y si la muerte de Helen no hubiera sido fortuita? ¿Y si Sykes hubiera querido matarlo también a él antes de que descubriera lo del RDU90, pero la llamada urgente de Tim Price le había salvado la vida? De no haber tenido que acudir al quirófano... Kimble se cubrió la cara con las manos y pensó que él también debió morir.

No, era preferible que se hubiera salvado, pese al dolor. Al menos, podría conseguir que condenaran a Sykes.

Kimble contempló durante un rato las matrices de los cheques.

Luego se dirigió a la cocina, descolgó el teléfono, pidió a la telefonista que le facilitara un número y lo marcó.

Gerard regresó a su despacho hacia el mediodía. Mientras se tomaba la sexta taza de café, repasó mentalmente lo que había sucedido en la prisión federal. Driscoll seguía siendo el principal sospechoso, debido a su historial de robos a mano armada. Kimble había ido a visitarlo, pero Driscoll aseguró que no sabía quién era Kimble ni por qué había ido a verlo. Al parecer decía la verdad, pero Gerard sabía por experiencia que los asesinos a sueldo eran unos expertos embusteros.

Había otros dos sospechosos, que estaban bajo vigilancia por orden de Gerard. No estaba seguro de lo que haría ahora Kimble; todo dependía de si Driscoll era el asesino. En cualquier caso, no era probable que regresara a la prisión federal, por más que deseara atrapar a Driscoll. Quizás huiría.

Gerard se arrepentía de no haber disparado a Kimble en el pie para impedir que se escapara.

De pronto oyó a Renfro hablando al otro lado del pasillo, en la oficina de Biggs:

—Estoy de acuerdo contigo. Esto se está poniendo chungo. Fue una locura que Kimble se presentara en la prisión federal. Es absurdo...

Gerard detestaba la palabra «chungo». Dejó la taza sobre la mesa y salió al pasillo para increpar a Renfro, pero en aquel momento apareció Jenna, su secretaria, y dijo:

—Kimble está en la línea tres.

Gerard se quedó de piedra. Luego se volvió hacia el despacho de Biggs y gritó:

—¡Renfro! ¡Biggs!

Ellos habían oído las palabras de Jenna y estaban tan sorprendidos como Gerard. Los tres hombres corrieron hacia la sala de comunicaciones.

—¿Se ha identificado? —preguntó Renfro algo asombrado.

—Debe de ser una broma —dijo Biggs.

Gerard no respondió. Ya se le había ocurrido esta posibilidad; de todas formas, no iba a negarse a sostener una conversación con Kimble. Al entrar en la sala de comunicaciones, dejó la taza de café sobre la mesa, junto al teléfono, e hizo un gesto al técnico que aguardaba frente a la consola de control.

Gerard cogió el auricular y dijo:

—Soy Gerard.

—¿Recuerda lo que le dije en el túnel? —le preguntó Kimble directamente.

Gerard respondió sin perder la calma:

—Me dijo que no había matado a su esposa.

—¿Y recuerda lo que me contestó usted?

—Recuerdo que me estaba apuntando con mi propia pistola.

—Me dijo: «No me importa».

Renfro se acuclilló junto al técnico. Gerard vio aparecer el primer número digital en el aparato que registraba la llamada. El técnico murmuró algo a Renfro acerca de la zona sur. Gerard no alcanzaba a comprender por qué le había llamado Kimble: tenía al cirujano por un hombre inteligente, demasiado astuto para cometer semejante imprudencia. Tal vez Renfro tuviera razón, era posible que Kimble estuviera loco.

No obstante, Gerard decidió seguirle el juego. Cuanto más tiempo lograra retener a Kimble al teléfono, más probabilidades tenían de atraparlo.

—Así es... No estoy tratando de resolver un rompecabezas. Fue el juez quien lo condenó. Yo me limito a cumplir con mi trabajo.

Poole entró en la habitación y se detuvo junto a Biggs. Gerard observó la consola mientras aparecía el segundo dígito del número telefónico.

—Está en la zona de Pullman —dijo Renfro en voz baja—. Necesitamos quince segundos para localizarlo.

Kimble no parecía tener prisa por colgar. Hablaba pausadamente.

—Yo sí intento resolver este rompecabezas, Gerard... y he descubierto una pieza.

Será Driscoll, pensó Gerard. Kimble lo había reconocido por la mañana. Pero en ese caso, ¿por qué no había sacado una pistola y le había pegado un tiro?

En aquel momento apareció Newman sosteniendo una carpeta. Abrió la boca para decir algo, pero los otros le indicaron que guardara silencio.

—¿Significa eso que piensa entregarse? —preguntó Gerard.

Kimble dudó unos instantes y Gerard temió que colgara. Probablemente se había dado cuenta de que estaban registrando la llamada y que no tardarían en conseguir el número telefónico.

—No es tan sencillo —respondió Kimble—. Ya que mi situación le tiene sin cuidado, no le aburriré con los detalles. Sólo le he llamado para informarle de que todavía tengo que atar algunos cabos.

Gerard no le creyó. Decididamente, Kimble no estaba loco ni era estúpido; algo se proponía, pero su voz denotaba que estaba agotado y que no podría resistir mucho tiempo.

—No dispone de tiempo, Kimble —dijo Gerard—. Cuanto más tarde en entregarse, más peligro corre.

—Le agradezco que se preocupe por mí —contestó Kimble—. Aunque esta mañana intentara matarme.

Gerard oyó un ruido, como si Kimble hubiera colgado el teléfono.

—Yo no puedo controlar esto. ¿Está usted ahí, Kimble?

Silencio. Luego oyó unos pasos que se alejaban. Kimble había dejado el teléfono colgando y se había marchado.

Gerard cubrió el auricular con la mano y preguntó a Renfro:

—¿Dónde está?

Renfro miró asombrado los dígitos que aparecían en la consola.

—¡Joder! ¡Tenemos un coche allí...!

El cristal de la puerta trasera del apartamento de Sykes estaba roto, Kimble había entrado por allí. Gerard vio que el teléfono de la cocina estaba descolgado. Kimble debió de suponer que los policías que vigilaban el apartamento entrarían por la puerta principal y había escapado por la escalera de incendios.

Poole entró tras él, leyendo un informe. Renfro y un par de peritos estaban sacando las huellas digitales y tratando de reconstruir la escena del crimen.

—Se llama Frederick Sykes. Cuarenta y cinco años. Ex policía.

Gerard colgó el teléfono. Uno de los peritos, un hombre diez años mayor que Gerard, dijo:

—Inspector, mire esto.

Gerard y Poole se acercaron a una pequeña mesa. El perito sacó unas matrices de cheques, unos papeles y unas fotografías.

—Kimble ha dejado huellas por toda la casa —dijo—, pero sobre todo aquí.

El perito les mostró una fotografía.

—Las examinó todas, pero se detuvo en ésta —informó, entregando la foto a Gerard.

En ella aparecían dos hombres y un enorme pescado, pero Gerard no alcanzaba a comprender qué significado podía tener para Richard Kimble.

—Enséñame los negativos —dijo al perito.

Éste se los entregó. Gerard examinó detenidamente el rollo de película.

—Falta uno —dijo.

A través de la radio que llevaba en el bolsillo sonó la voz de Biggs:

—Aquí viene.

Al cabo de un instante, Sykes entró en el edificio. Gerard guardó la fotografía en el bolsillo y esperó con Poole junto a la puerta de la cocina.

Sykes era manco, pero los técnicos de la clínica protésica habían realizado un trabajo tan impresionante que apenas se notaba. Era un hombre alto y corpulento, de rasgos toscos y con el pelo oscuro y rizado. Se detuvo unos momentos en la puerta de la cocina y luego preguntó, indignado:

—¿Qué demonios pasa aquí? ¿Quiénes son ustedes?

Gerard respondió secamente:

—Alguien ha irrumpido en su apartamento, señor Sykes.

Sykes lo miró con cara de pocos amigos. Tenía un aire duro y agresivo que Gerard había observado en numerosos delincuentes y lamentó que hubiera formado parte del cuerpo de policía de Chicago.

—¿Es usted policía? —le preguntó Sykes.

—Soy el inspector Gerard.

La respuesta surtió el efecto deseado. Sykes palideció y retrocedió unos pasos.

—Esta mañana un fugitivo llamado Richard Kimble hizo una llamada desde su apartamento —dijo Gerard.

—¿Richard Kimble? —repitió Sykes—. No conozco a ningún Richard Kimble.

Resultaba bastante convincente, pero no tanto como Driscoll. Poole sacó una fotografía de una de sus carpetas y se la mostró a Sykes.

Sykes se mordió el labio inferior mientras contemplaba la fotografía, como si tratara de concentrarse.

—Es el médico que mató a su mujer... —dijo al fin—. Declaró que el asesino tenía un brazo artificial. ¿Acaso pretenden decirme que ese tipo me persigue?

Los ojos de Sykes expresaban un inconfundible temor.

Gerard comprendió, con una certeza fruto de su intuición, que Sykes era culpable.

Sin duda estaba implicado en el asunto. Lo miró despreciativamente, pero su tono de voz era cortés e inescrutable.

—¿Qué motivos tendría para perseguirlo?

Sykes lo miró irritado y contestó:

—¿Qué quiere decir? ¿Que me persigue porque llevo esto? —preguntó, alzando el brazo artificial—. Mire, hace un año vinieron a verme unas personas. Me hicieron unas preguntas acerca de la noche del asesinato y les contesté lo mismo que le contesto a usted. Aquella noche ni siquiera estaba en la ciudad. Estaba fuera, en viaje de negocios.

Gerard se dirigió al cuarto de estar, cogió las fotografías que había sobre la mesa y las examinó. Sykes y Poole entraron tras él. Gerard estudió la fotografía de Sykes, cuando aún no llevaba la prótesis, vestido con uniforme de policía, y le preguntó:

—¿A qué se dedica usted, señor Sykes?

—Al negocio de la seguridad.

—¿Independiente?

Sykes sacudió la cabeza.

—No. Trabajo para una empresa farmacéutica. Me encargo de la seguridad de sus principales ejecutivos.

Gerard sacó del bolsillo la fotografía de Sykes posando junto al pescado y a otro hombre.

—¿Sabe por qué le interesaría a Kimble esta fotografía? —preguntó a Sykes mirándolo a los ojos.

—No —mintió Sykes—. Deben de ser dos médicos de vacaciones.

Gerard depositó la foto sobre la mesa y observó que Sykes no le quitaba la vista de encima.

—¿Le importa si hablo con los otros policías para averiguar si se han llevado algo? —preguntó Sykes.

—En absoluto —respondió Gerard.

Cuando Sykes entró en el dormitorio, Gerard se guardó de nuevo la foto en el bolsillo y luego se dirigió hacia la puerta.

—Está tirando de nuestra cadena, Sam —dijo Renfro echando a andar junto a su jefe. El aire era frío y sus palabras dejaron una estela blanca—. Si es el tipo al que anda buscando Kimble, ¿por qué nos telefoneó?

Gerard guardó silencio durante un instante. Biggs lo observó intrigado, como lo había observado esa misma mañana, cuando Kimble huyó de la prisión federal. Cuando Gerard no cumplió con su deber.

El sol invernal proyectaba unas sombras sobre el asfalto. Gerard contempló su sombra, tan huidiza como Kimble, y dijo:

—Kimble dijo que intenta resolver el rompecabezas. Nosotros no tenemos que hacerlo, sólo estar presentes cuando descubra la próxima pieza.

Luego se volvió y observó el apartamento de Sykes.

—Quiero que lo vigilen constantemente. Quiero saber todo lo que hace.

Después de abandonar el apartamento de Sykes, Kimble cogió el ferrocarril elevado y se entretuvo contemplando el paisaje urbano.

Sykes. Lentz. Devlin-Macgregor. RDU90. Todos ellos estaban relacionados entre sí y con la muerte de Helen.

También estaban relacionados con aquellos malditos informes de unas biopsias presentados por Lentz cuyos resultados eran totalmente normales, cuando saltaba a la vista que el hígado estaba muy deteriorado.

«Sobre el informe de una biopsia que le devolví, ¿lo recuerda?», le había preguntado Lentz aquella noche. La noche del 20 de enero...

Sí, se dijo Kimble, tres...

Pero luego hubo otro hígado. Kimble había creído que se trataba de un error burocrático, pero aquella noche había visto a otro paciente con el hígado enfermo, otro paciente del RDU90, el de la hemorragia...

Lo habían enviado a la cárcel, por lo que no había llegado a ver el informe de la biopsia, pero estaba seguro de que los resultados eran idénticos a los anteriores. Normales.

¿Cuántos pacientes del RDU90 habían padecido daños

en el hígado durante los últimos meses? ¿Y cuántos habían muerto?

Lentz había falsificado intencionadamente los informes. Pero, ¿por qué?

Kimble se apeó cerca del Chicago Memorial y se dirigió a la biblioteca del hospital. Tardó menos de media hora en encontrar lo que buscaba: un artículo en una publicación de investigación médica titulado «La empresa farmacéutica Devlin-Macgregor se propone introducir un nuevo fármaco en el mercado: el Provasic (RDU90)».

Kimble estaba convencido de que el asesinato de Helen no había sido el resultado de un intento de robo. Alguien había querido matarlo a él, a Kimble, y Helen se había interpuesto en su camino. Encontró un prospecto de Devlin-Macgregor y lo guardó en el bolsillo de la chaqueta.

Tras abandonar la biblioteca se dirigió a una cabina telefónica y marcó un número que, curiosamente, todavía recordaba. Dejó un mensaje en el contestador automático para que lo llamaran al número de la cabina y colgó.

Al cabo de menos de un minuto sonó el teléfono. Kimble se apresuró a descolgarlo y preguntó:

—¿Puedes hablar?

—¿Richard? —respondió Charlie Nichols.

Kimble se tapó el oído izquierdo con un dedo. Apenas oía lo que decía Nichols; parecía estar en una habitación llena de gente.

—Sí, puedo hablar —dijo Nichols en voz baja—. ¿Qué sucede?

—Lo he encontrado, Charlie —contestó Kimble—. He encontrado al tipo que asesinó a Helen.

—¿Qué...? —murmuró Nichols.

—Se trata de un fármaco, Charlie. Trataron de matarme por culpa de un fármaco.

—¿Quién?

—Devlin-Macgregor y Lentz. Lentz dirigía el estudio del

RDU90. Sabía que yo había averiguado que el fármaco presentaba ciertos problemas. Es Lentz.

Nichols guardó silencio durante varios minutos. Kimble temió que no le hubiera creído, que pensara que se había vuelto loco.

Quizá Nichols era amigo de Lentz y no podía creer que éste fuera culpable.

Cuando Kimble estaba a punto de colgar, Nichols dijo:

—Richard... Lentz ha muerto. Murió en un accidente automovilístico el verano pasado.

Kimble apoyó la frente contra la pared de la cabina. Era imposible que Lentz hubiera muerto. ¿Cómo iba a culpar ahora a Sykes, a relacionarlo con el asesinato de Helen...?

Luego alzó la cabeza y se vio a sí mismo en el quirófano, atendiendo al paciente que se estaba desangrando y diciéndole a la enfermera: «Envíe una muestra a Kath para que la analice».

—¿Puedes probar lo que acabas de decirme sobre el fármaco? —le preguntó Nichols.

—Necesito tu ayuda —contestó Kimble con firmeza—. Llama al señor Roosevelt y dile que iré a verlo.

El grupo que Gerard denominaba El cuarteto temerario —Biggs, Poole, Renfro y Newman— estaba sentado en la sala de conferencias del despacho de su jefe, alrededor del tablón.

Gerard se hallaba de pie frente al mismo, con los brazos cruzados y una mano apoyada en la barbilla, como un profesor contemplando un complicado problema matemático.

Gerard estaba de mal humor por no haber conseguido atrapar todavía a Kimble, quien se le había escurrido de entre las manos en el hospital de Cook County y en el apartamento de Sykes. Lo peor había sido su encuentro con él en la prisión federal, donde casi había conseguido echarle el guante.

No comprendía por qué les había conducido Kimble hasta el apartamento de Sykes.

Los otros tampoco lo comprendían, de modo que los cinco habían vuelto al despacho de Gerard para tratar de descifrar el enigma.

En cuanto todos ocuparon sus asientos, Renfro se apresuró a preguntar:

—Si fuerais Richard Kimble, ¿por qué, después de descubrir el paradero del asesino de vuestra esposa, lo abandonaríais para llamar a la policía?

Por la expresión que mostraban sus compañeros, era evidente que la pregunta les preocupaba. Al cabo de un rato, Poole respondió:

—Para despistarnos.

Newman sacudió la cabeza para manifestar que no estaba de acuerdo.

—Es cierto —insistió Poole—. Es una trampa para despistarnos. Kimble quiere que nos ocupemos de Sykes y lo dejemos a él en paz...

—A menos... —terció Gerard, acariciándose la barbilla y observando las tarjetas clavadas en el tablón que indicaban a Sykes y a Kimble—. ¿Y si fuerais un reputado cirujano y quisierais eliminar a vuestra mujer? ¿Cómo lo haríais?

Biggs seguía mirando a Gerard con la expresión de duda que éste había observado en la prisión federal, cuando tuvo la sensación de que no se atrevía a matar a Kimble. Pero llevaba mucho tiempo trabajando con Gerard y sabía que ese tipo de dudas eran muy peligrosas.

—Contrataría a un profesional —respondió Biggs—. Un asesino a sueldo.

Gerard no sonrió, pero esbozó una mueca de satisfacción.

Poole asintió y dijo:

—Procuraría que pareciera un robo frustrado.

Renfro se inclinó adelante, con los codos apoyados en las rodillas, y preguntó:

—¿Dónde lo buscarías? ¿En las páginas amarillas?

—A través de algún conocido —respondió Gerard.

Luego guardó silencio para dejar que sus colaboradores expresaran su opinión. Todos habían acogido la idea con entusiasmo, lo cual les ayudaría a creer en la culpabilidad de Kimbley y a capturarlo.

—O a través de una empresa con la que hubierais tenido tratos —dijo Poole.

Biggs asintió.

—Por ejemplo, una empresa farmacéutica. Una persona del departamento de seguridad...

—La noche en que su mujer fue asesinada, Kimble asistió a un baile de beneficencia patrocinado por la Devlin-Macgregor, la empresa donde trabaja Sykes... —añadió Newman, excitado.

Gerard le dirigió una mirada de aprobación mientras clavaba en el tablón una tarjeta que representaba a Devlin-Macgregor.

—Pero Sykes afirma que estaba fuera de la ciudad —observó Biggs con aire preocupado.

Poole se volvió hacia su compañero y dijo:

—Y según consta en los archivos de la empresa, es cierto que se hallaba en viaje de negocios...

—Eso se puede falsificar —interrumpió Renfro, agitando una mano como para descartar las dudas de sus compañeros—. Supongamos que estaba en la ciudad. Que hizo el trabajo. Todo según lo previsto, excepto por un problema.

Newman asintió, satisfecho de que su idea hubiera sido aceptada.

Gerard sonrió.

—En lugar de parecer un intento de robo, Kimble es acusado del asesinato... —dijo Newman.

—... juzgado y condenado —añadió Biggs.

—... y el verdadero asesino se escapa —concluyó Poole.

—De modo que Kimble vuelve para atraparlo —dijo Renfro.

—¿Por qué? —inquirió Newman, como si de pronto le asaltaran ciertas dudas—. Es absurdo. Lo meterían de nuevo en la cárcel. Si quería vengarse de Sykes, lo lógico era que lo esperara y lo matara en su apartamento.

Silencio.

Newman prosiguió:

—¿No se os ha ocurrido que Kimble puede ser inocente? Es la explicación más lógica.

Al cabo de unos minutos, Poole respondió:

—Fue juzgado y condenado...

—Tú no eres juez —protestó Renfro, antes de que Poole terminara—. ¿Has leído la transcripción? ¿Has examinado las pruebas?

Biggs, según advirtió Gerard, escuchaba en silencio a sus compañeros, como si no se atreviera a expresar su opinión.

—No —dijo Newman acaloradamente—. Pero quizá debería pensar en ello. Quizá todos nosotros deberíamos hacerlo...

—No estamos aquí para juzgar de nuevo al doctor Kimble —terció Gerard, mirando a Newman—. Nuestra obligación no es discutir acerca de su inocencia o culpabilidad, sino capturarlo. ¿Entendido?

Había estado a punto de decir: «Eso no es asunto nuestro». Newman parecía disgustado por las palabras de su jefe, pero contestó:

—Sí, señor.

—De acuerdo —dijo Gerard sonriendo—. Volvamos al tema que nos ocupa. ¿Por qué persigue Kimble al asesino? ¿Acaso para obligarlo a compartir la culpa con él, como dice Newman? ¿Creéis que lo enviarían a la cárcel? —Luego se volvió hacia Newman y añadió—: No debes subestimar el poder del buen doctor. Sería su palabra contra la de Sykes. ¿A cuál de ellos creerías?

Newman suspiró.

—¿Qué hace Kimble a continuación? —preguntó Biggs.

—Pedir ayuda —contestó Renfro.

Gerard clavó en el tablón otra tarjeta, que decía «Nichols».

Renfro y los otros, incluso Newman, asintieron.

—Newman —dijo Gerard—, comprueba las llamadas telefónicas entre Sykes y Kimble. —Antes de salir entregó a Biggs la fotografía de Sykes junto al pescado y el otro individuo, y dijo—: Averigua quién es ese tipo.

Cuando Gerard hubo abandonado la habitación, Biggs lanzó la foto a Newman, satisfecho de haberse librado de una enojosa tarea.

—¿Por qué me endilgáis siempre los mejores trabajos? —preguntó Newman.

El teléfono en el cuarto de estar de Frederick Sykes sonó una vez. Sykes no reaccionó, ni hizo ademán de descolgarlo. Simplemente esperó, y cuando el teléfono volvió a sonar —una vez—, treinta segundos más tarde, descorrió las cortinas y observó a los policías de paisano que estaban sentados en un coche aparcado frente al edificio.

Sykes no se preguntó si esos individuos eran efectivamente unos policías, estaba convencido de ello. Él mismo había sido policía durante seis años. Fue en aquella época cuando mató a una persona por primera vez, a un chico que llevaba los bolsillos llenos de cigarrillos robados.

Un chico que había seguido corriendo cuando Sykes le gritó el alto.

Sykes le disparó por la espalda, y comprobó que tenía una gran habilidad para disparar a la gente por la espalda, destreza que siguió utilizando incluso después de abandonar el cuerpo de policía.

Al fin y al cabo, matar era matar, al margen de si uno estaba o no al lado de la ley; la única diferencia radicaba en quién imponía las normas.

Sykes nunca se había equivocado, nunca se había puesto nervioso, excepto con Lentz, pero eso se debía a que era amigo suyo.

No obstante, había realizado el trabajo de manera rápida y eficaz.

De hecho, nunca había tenido problemas con un trabajo hasta el caso Kimble, que había sido muy complicado desde el principio. En primer lugar, Kimble no estaba en su casa, sino que había aparecido en el último momento y había pillado a Sykes desprevenido. Por primera vez en su carrera, Sykes había temido que lo atraparan.

Decididamente, no quería volver a tener más tratos con Richard Kimble.

Pero al final las cosas se habían solucionado. Kimble había sido condenado por el asesinato de su esposa, y Sykes había conseguido unas vacaciones pagadas al Caribe, de las que regresó al cabo de unas semanas, cuando la situación se normalizó.

Ahora, al cabo de un año, Kimble había vuelto y Sykes estaba asustado.

No se sentía seguro en su apartamento, y era evidente que Kimble no se detendría hasta conseguir que la policía atrapara a Sykes.

Quería huir. Quería marcharse lejos. Pero se lo impedían esos jodidos policías apostados frente a su apartamento. Ni siquiera podía llamar desde una cabina pública. Tenía que pensar en algo, rápidamente...

Sykes se apartó de la ventana y cogió el vaso de ginebra

con hielo que estaba sobre la mesa. Las manos le temblaban y al tomar un trago se derramó la mitad del líquido por la camisa. Soltó un taco y tomó otro trago antes de descolgar el teléfono.

Marcó el 911 y al cabo de unos segundos le contestó una voz.

—Urgencias —dijo la telefonista.

Con el teléfono apoyado entre la oreja y el hombro, Sykes se dirigió a la mesa de café, cogió su automática y le colocó el silenciador.

—Se ha producido un incendio —dijo tranquilamente—. No, no es en mi casa, es en un edificio junto al mío. En el número tres dos tres de la avenida Wabash. Eso es... Gracias.

Luego se metió la pistola en la cintura de los pantalones, colgó el teléfono, tomó otro trago y se acercó a la ventana.

Al cabo de cinco minutos, oyó unas sirenas. Poco después aparecieron dos coches de bomberos, que aparcaron delante del coche de los policías de paisano.

Sykes sonrió y se puso la chaqueta. La calle se había convertido en una zona de guerra, atestada de gente que abandonaba precipitadamente los edificios, bomberos y coches patrulla.

Sykes salió de su apartamento y se alejó silbando, sin que nadie reparara en él, para hacer una llamada que sellaría la suerte de Richard Kimble.

11

Cuando Kimble llegó al Chicago Memorial, el sol se había ocultado detrás de unas nubes plomizas que presagiaban nieve. Sin que nadie lo observara, entró por la puerta trasera y bajó al depósito de cadáveres. Antes de pasar, llamó tres veces a la puerta.

La puerta se abrió lentamente y apareció Roosevelt, con la espalda encorvada y el cabello plateado. Roosevelt era muy viejo y, al parecer, inmortal; llevaba tanto tiempo trabajando en el hospital que se había convertido en una institución. Nadie sabía si Roosevelt era su nombre de pila o el apellido. Los empleados se referían a él simplemente como el viejo señor Roosevelt.

—Me alegro de verlo, doctor Kimble —sonrió el anciano, mostrando una dentadura amarillenta.

—Lo mismo digo, Roosevelt. Ha pasado mucho tiempo —respondió Kimble.

Se sentía tan emocionado por esta acogida como el día en que Charlie Nichols le dijo: «Te daré más dinero. Y ropas... Toma, ponte mi abrigo...».

Roosevelt no había envejecido desde la última vez que Kimble lo había visto, tenía el mismo aspecto que cuando Kimble había entrado a trabajar en el Chicago Memorial. En cambio, él sí había envejecido.

Roosevelt agarró el borde de la puerta con una mano fuerte y huesuda y con la otra le indicó que pasara. Kimble entró rápidamente mientras el anciano echaba un vistazo al pasillo para cerciorarse de que nadie los vigilaba.

Luego cogió a Kimble por el codo y, tras pasar frente a unas camillas donde yacían unas figuras cubiertas con una sábana, inmóviles, más allá de las relucientes mesas de acero para las autopsias, entraron en una habitación donde había una cámara refrigerada en la que se conservaban muestras de tejidos.

—No sé cómo darle las gracias —dijo Kimble.

El ayudante de investigación levantó una mano y dijo:

—No lo hago por usted, doctor Kimble, sino por mí. Siempre fue un placer trabajar con usted. Algunos se creen Dios sabe qué, pero usted siempre fue amable. Las cosas han cambiado mucho desde que se marchó.

Kimble aguardó mientras el anciano se dirigía hacia la cámara refrigerada. Poco después, Roosevelt regresó con una carpeta y con una cajita de plástico.

—Éstos son los informes del RDU90 y las muestras que el doctor Nichols me pidió que le entregara.

—Gracias, Roosevelt —dijo Kimble. Al mirar al anciano sintió remordimientos, pues no deseaba causarle ningún problema—. Quiero que me prometa una cosa...

—Cuente con ello, doctor Kimble.

—Si alguien me viera... Si sucediera algo... No les diga que le llamó el doctor Nichols.

—Claro, claro —contestó Roosevelt, ajustándose las gafas y mirando a Kimble con aire de indignación—. No es necesario que me lo advierta. No se preocupe, tampoco les diré que le he visto. Si puedo soportar a médicos quisquillosos, también sabré apañármelas con la policía...

—No me refería a eso. Si llegan a sospechar que he estado aquí, dígales que le obligué a entregarme las muestras. Que le amenacé con una pistola. ¿Entendido?

Roosevelt apretó los labios y frunció el ceño.

—Prométamelo —insistió Kimble—. No quiero que lo encarcelen por haber ayudado a un fugitivo.

—Tiene razón —convino el anciano—. Pero usted no es

un fugitivo. Es el cirujano vascular más amable que he conocido en mi vida.

—Prométamelo...

—De acuerdo, doctor Kimble. No quiero causar problemas al doctor Nichols, aunque no sea tan simpático como usted.

Kimble soltó una carcajada.

—Gracias de nuevo, Roosevelt.

—Buena suerte.

Kimble se giró, sin detenerse, y dijo:

—No olvide su promesa.

—Descuide, no la olvidaré —respondió Roosevelt. Una vez que Kimble hubo salido y cerrado la puerta, añadió—: Que te crees tú eso.

Sykes cogió un taxi y se dirigió a la estación. Entró en una cabina telefónica y marcó un número de memoria, dejó en el contestador automático un nombre falso y el número de la cabina y colgó.

Al cabo de dos minutos sonó el teléfono de la cabina. Sykes lo descolgó y antes de que pudiera hablar, la voz de su interlocutor le dio las instrucciones oportunas. Sykes colgó y sonrió satisfecho, ansioso de tomarse otras vacaciones pagadas en cuanto zanjara el trabajo.

Kimble se apresuró por el pasillo hacia el pequeño laboratorio de investigación. Todo estaba saliendo según lo previsto, pero le preocupaba implicar a otros —a Charles, a Roosevelt y ahora a Kathy— en el asunto.

Si les sucediera algo por su culpa...

Al abrir la puerta que conducía al pequeño laboratorio de Kathy Wahlund, descartó este pensamiento. No les sucedería nada malo porque él no lo permitiría. Por primera vez, tenía la sensación de haber dejado atrás el infierno que había vivido durante un año y pensó que su vida tenía algún significado aparte del hecho de lograr que Sykes fuera condenado.

Abrió la puerta y entró sigilosamente.

Wahlund estaba absorta en su trabajo y no lo oyó entrar. Estaba sentada frente al microscopio electrónico, de espaldas a él. Al contemplar su vieja cazadora de cuero, Kimble sonrió afectuosamente. De pronto se volvió un poco para coger una muestra y Kimble observó que, en lugar de la tradicional camiseta, llevaba una blusa de seda multicolor.

Kimble se acercó a Wahlund, quien mantuvo la mirada fija en el microscopio mientras alargaba la mano para coger otra muestra.

Kimble le agarró la mano y la sostuvo con firmeza.

Wahlund alzó la vista y, al verlo, se levantó de un salto y exclamó:

—¡Dios mío! ¡Richard!

Le arrojó los brazos al cuello y lo abrazó con fuerza. Kimble sintió que los ojos se le llenaban de lágrimas ante esta calurosa acogida. Luego se miraron sonriendo, emocionados, mientras Wahlund se enjugaba las lágrimas con la mano.

—Oye, Kath... —dijo Kimble suavemente—. Hace un año te presté unas cosas. Necesito que me las devuelvas...

En su pequeña oficina, Newman contempló fijamente la fotografía de Frederick Sykes, el pescado y el individuo desconocido, confiando en que se le ocurriera algo. Después de su humillante captura a manos de Copeland, no quería seguir siendo una carga para la oficina del jefe de policía; deseaba demostrar que era útil y, de ser posible, resolver el caso Kimble.

Pero hasta el momento no se le había ocurrido nada.

Newman observó a los dos hombres que aparecían en la foto. Era evidente que estaban de vacaciones. El desconocido era mucho más joven e iba mejor vestido que Sykes; no parecía el tipo de hombre que tiene tratos con un ex policía. El apartamento de Sykes indicaba que el hombre no era rico y que era poco probable que pudiera permitirse unas vacaciones exóticas, aunque cabía en lo posible que fuera uno de esos excéntricos que guardan miles de dólares en unas bolsas de plástico.

No obstante, tenía ciertas dudas. La intuición le decía que eran unas vacaciones pagadas por Devlin-Macgregor, pues los dos tipos llevaban unos parkas con el logotipo de la empresa. Podía llevar la fotografía a Devlin-Macgregor y formularles algunas preguntas, pero la intuición le decía también que no era una buena idea. Si había otros empleados de la empresa compinchados con Sykes, no era probable que le facilitaran la información que deseaba. Por otra parte, no quería ponerlos sobre aviso.

Newman deseaba descifrar él mismo el enigma. Además, su intuición insistía en que allí había algo, en la fotografía que contenía la clave de la identidad del desconocido; algo que él había captado con su subconsciente pero que no conseguía recordar.

Abrió el cajón superior de la mesa, sacó una lupa y la sostuvo sobre la fotografía. El desconocido no llevaba ninguna sortija, ni siquiera el anillo de casado. Lucía unas zapatillas deportivas de cien dólares y un reloj Rolex...

Newman se inclinó hacia delante para contemplar la foto más de cerca, tratando de descubrir alguna pista que salvara su maltrecha dignidad.

El desconocido llevaba el parka desabrochado y las mangas subidas, y en el lado izquierdo del polo llevaba bordadas las iniciales «C.M.H.».

Newman dejó la lupa, alzó la cabeza y contempló fijamente la pared frente a su mesa.

C.M.H. C.M.H. Había visto esas iniciales últimamente en un contexto relacionado con Richard Kimble. La «C» obviamente representaba Chicago, y la «M»...

«¿Médico?», se preguntó Newman.

De pronto lo vio claro. Las siglas significaban Chicago Memorial Hospital, el lugar donde Richard Kimble había ejercido la medicina durante muchos años.

Newman se levantó, cogió la fotografía y salió a toda prisa.

—¡Inspector Gerard! —gritó.

Al pasar frente a los despachos de sus compañeros, Biggs le dijo:

—Sam ha ido a visitar a Nichols.

Newman se volvió y vio a Biggs sentado con los pies sobre la mesa, contemplando el tablón con aire preocupado.

—He averiguado dónde trabaja... —dijo Newman, agitando la fotografía ante las narices de Biggs.

Biggs lo miró sorprendido, retiró los pies de la mesa y se levantó.

—Andando... —dijo.

Charles Nichols salió de la sala de conferencias y echó a andar por el pasillo. De pronto, al ver a Gerard y a Renfro esperándole, se detuvo en seco y los miró aterrado.

Al cabo de unos instantes recobró la compostura y se acercó a ellos.

—Hola, señor Gerard —le saludó amablemente.

—¿Podemos hablar un momento con usted, doctor? —contestó Gerard, indicando una sala de conferencias que estaba vacía.

Nichols asintió.

Los tres hombres entraron en la sala y Renfro cerró la puerta.

Nichols miró a Gerard con rostro impasible. «Demasiado impasible», pensó el jefe de policía.

Renfro entregó a Nichols una copia de la foto de Sykes junto al pescado y al otro individuo. Nichols la contempló sin mover ni un solo músculo.

—El hombre que está a la izquierda se llama Frederick Sykes —le explicó Renfro—. Es un experto en seguridad y trabaja en la empresa Devlin-Macgregor. Kimble entró por la fuerza en su apartamento.

—No lo conozco —replicó Nichols, quien devolvió la foto a Renfro mientras observaba a Gerard—. Está usted desesperado, ¿no es cierto, Gerard? Ya le dije que no lograría dar con Kimble.

Durante unos momentos, Gerard le dirigió la mirada y guardó silencio. Había algo que no encajaba, pero no sabía qué era. Estaba convencido de que Nichols mentía, pero era una mentira demasiado fría, demasiado evidente.

—¿El doctor Kimble no ha vuelto a acudir a usted para que le ayude? —preguntó Gerard.

Nichols no parpadeó, ni siquiera desvió la mirada.

—No. Creo que ya hemos comentado este tema. Ahora, si me disculpan... —dijo, dirigiéndose hacia la puerta.

—Doctor Nichols —llamó Gerard, y Nichols se detuvo—. ¿Sabe algo del otro hombre que aparece en la foto?

Nichols se giró lentamente, miró la foto que sostenía Gerard y respondió:

—No le conozco de nada.

Luego salió y cerró la puerta suavemente tras él. Gerard permaneció inmóvil durante unos minutos.

En un rincón del laboratorio de Kathy, Kimble examinaba los archivos que contenían los nombres de las muestras analizadas. Kathy le había informado de que sólo retiraban las muestras de hacía más de dos años.

No obstante, mientras examinaba los archivos, Kimble temió que Lentz o Sykes hubieran averiguado que él había enviado unas muestras para que las analizara Wahlund y las hubieran destruido.

No, imposible. Ninguna de las personas implicadas en el estudio de Provasic o que trabajaran para la Devlin-Macgregor sabía que Kimble había enviado unos duplicados de las muestras al laboratorio de Wahlund, y nadie tenía motivos para sospecharlo. Ni siquiera Kathy había reparado en ello. Pero al recibir los primeros informes de las biopsias realizadas por Lentz y observar que los resultados eran incorrectos, Kimble había decidido enviar unas muestras a Wahlund, como precaución contra lo que él consideraba un trabajo chapucero.

En última instancia, pensaba acudir a Kathy para que contrastara las muestras que le había enviado él con las de Lentz, pero no había tenido tiempo de hacerlo.

Mientras comprobaba los nombres de las muestras, Kimble tuvo la curiosa sensación de estar fuera del tiempo, como un observador que contemplara el momento, hacía un año, en que su vida quedó destrozada.

Helen no debió morir. Él debió venir aquí hacía un año, buscar las muestras y denunciar a Lentz y Devlin-Macgregor. Helen y él seguirían viviendo juntos, felices, considerando la posibilidad de tener un hijo.

Pero las circunstancias le habían obligado a convertirse en un fugitivo, y en estos momentos se encontraba aquí, en el laboratorio de Kathy Wahlund, buscando las pruebas que demostrarían su inocencia.

De pronto encontró unas muestras etiquetadas como «R. Kimble; U de C.».

Kimble se acercó apresuradamente a Kathy, que estaba sentada frente al microscopio. Wahlund apartó la muestra que estaba analizando —procedente del estudio de Provasic— y cogió las muestras que le entregó Kimble.

—Veamos —murmuró Kathy, inclinándose sobre el microscopio—. Hmmmm...

—La mitad de las personas que participaron en el estudio eran indigentes —dijo Kimble—. No se les hizo ningún seguimiento. ¿Quién podría afirmar que no estaban enfermos del hígado antes de someterse al estudio?

Kathy retiró la primera muestra y colocó otra. Repitió la operación otras tres veces, sin hacer comentario alguno, hasta que al fin se volvió hacia Kimble y le indicó que echara un vistazo él mismo.

—La muestra de la derecha es la que me enviaste tú. En ella se aprecia una importante inflamación periportal cargada de eosinófilos. Si además observamos la acumulación de bilis...

—Es evidente que se trata de una hepatitis inducida por un fármaco —concluyó Kimble.

Wahlund asintió.

—Estoy impresionada. Ahora mira eso... —dijo, colocando en el microscopio una muestra de Lentz—. Según el estudio, es una muestra del mismo hígado.

Kimble miró a través del microscopio. La diferencia entre las dos muestras de tejido era evidente.

—Es totalmente normal —dijo, incorporándose.

—Salta a la vista que no pertenece al mismo tejido —dijo Kathy—. Los muy hijos de puta...

Kimble se pasó la mano por la cara, sintiéndose de pronto desmoralizado y agotado.

—Pero ¿cómo podemos probar que sus muestras son falsas? Dirán que yo mismo he falsificado las muestras para demostrar mi inocencia...

Kathy esbozó una pequeña sonrisa de triunfo.

—¿Ves esta pequeña zona donde proliferan los conductos biliares? Es el complejo de Von Meyenberg. Ocurre sólo en un dos por ciento de la población. Pero está presente en las cinco muestras de Lentz.

Kimble la miró, aturdido.

—Eso es estadísticamente imposible.

—No si pertenecen al mismo hígado —respondió Wahlund—. La oferta de testificar a tu favor sigue en pie. Los has atrapado, Richard.

Kimble se apoyó contra la pared, sintiendo que las piezas del rompecabezas empezaban a encajar; finalmente él se encontraba en el lugar que le correspondía.

En aquel momento, Newman y Biggs estaban sentados en el despacho de Betty Mikopoulos, la jefa de personal del Chicago Memorial. Era una mujer esbelta, ágil y pletórica de energía. Miró a través de sus enormes gafas la fotografía del joven con las iniciales «C.M.H» bordadas en el lado izquierdo del polo, y dijo:

—En efecto, es un médico que trabajaba aquí.

Newman sonrió, satisfecho. Durante unos momentos imaginó que se encontraba sobre una plataforma y que le concedían un premio y un ascenso por haber resuelto el caso y demostrado la inocencia de Kimble, quien a su vez le estaría eternamente agradecido. Tanto éste como Gerard estaban sentados entre el público, aplaudiendo entusiásticamente.

—¿Le reconoce? —preguntó Newman a la jefa de personal—. ¿Tiene sus señas?

Mikopoulos le devolvió la foto y respondió:

—Se llamaba Lentz. Era patólogo. No lo conocía personalmente, y no creo que le sirva de nada que le dé sus señas. Murió el verano pasado.

Newman y Biggs se miraron sorprendidos. El sueño de Newman se evaporó al instante. Los testigos muertos no sirven de gran cosa para resolver un caso.

—¿No hay nadie en patología que pudiera facilitarnos algunos datos sobre ese tipo? —insistió Newman.

Mikopoulos dudó unos instantes y miró el reloj que colgaba en la pared. Newman se volvió y vio que eran las seis y dos minutos. En la calle ya oscurecía.

—Es un poco tarde —dijo Mikopoulos—. Pero pueden ir al depósito. Cojan el ascensor hasta el sótano y sigan los letreros indicadores. Hablen con el señor Roosevelt, un anciano que lleva muchos años trabajando aquí. Conoce a todo el mundo.

—Gracias —dijo Newman.

Biggs estaba de un humor de perros desde que Mikopoulos les había informado de que Lentz había fallecido. Newman deseaba darle ánimos, pero no se le ocurría nada. Los dos guardaron silencio mientras bajaban al sótano y recorrían los lúgubres pasillos que conducían al depósito de cadáveres.

—Es justo lo que más me apetece antes de cenar —protestó Biggs cuando llegaron a la puerta del depósito.

—Venga, hombre —respondió Newman, irritado.

Abrió la puerta sigilosamente, tratando de contener las náuseas que se habían apoderado de él. Frente a ellos vieron a un anciano que en aquel momento se disponía a practicar la autopsia a una mujer. Al oírlos entrar se volvió bruscamente.

—¿Qué quieren? —preguntó el anciano, agarrando a la difunta por los sobacos e instalándola sobre la mesa.

Newman trató de no mirar el cuerpo de la mujer ni los otros cadáveres que les rodeaban.

—¿Es usted el señor Roosevelt?

—Sí —contestó el anciano, quien cubrió discretamente a la mujer con una sábana. Luego observó a Newman y a Biggs con unos ojos acuosos y amarillentos que parecían enormes a través de los gruesos cristales de las gafas.

—Somos policías —dijo Biggs, mostrándole la placa—. Queremos averiguar algunos datos referentes a un patólogo llamado Lentz. Trabajaba aquí.

—Ha muerto —respondió el anciano con una mirada gélida.

Newman avanzó unos pasos e intentó imitar, sin éxito, la feroz expresión en la que Gerard era un maestro.

—Ya lo sabemos. Lo que queremos averiguar es si conocía o tenía tratos con un tal doctor Richard Kimble.

Roosevelt retrocedió asustado.

—Yo... —empezó a decir—. No he visto al doctor Kimble.

Biggs miró a Newman y los dos policías se acercaron a Roosevelt.

—No le he preguntado eso —dijo Newman suavemente, sintiendo que el corazón le latía más deprisa—. Sólo quiero saber si el doctor Kimble y el doctor Lentz se conocían.

—No... no lo sé —contestó Roosevelt, temblando—. Discúlpenme, debo irme.

Biggs se apresuró a cortarle el paso y dijo:

—Creo que nos está mintiendo.

Aterrado, el anciano se giró hacia Newman, quien no pudo reprimir una sonrisa de satisfacción.

Kimble estaba sentado en el laboratorio de Wahlund, leyendo el informe de Lentz mientras Kathy colocaba de nuevo las muestras en una caja.

—En estos momentos estarían en sus casas si yo no hubiera contado con ellos para explicar los hígados que veía. Y no habría visto los hígados si no les hubiera dicho a mis colaboradores que me avisaran cuando se toparan con un caso de hemorragia en el quirófano. Estaba a punto de añadir: «Y si no les hubiera dicho a mis colaboradores que me avisaran, Helen todavía estaría viva».

—Hay mucho dinero en esto —dijo Kathy—. Tú les estorbabas. Por eso tuvieron que matar a Helen. Pero ¿por qué Lentz? No parece el tipo...

—Es lógico —contestó Kimble, mostrándole el prospecto de Devlin-Macgregor que había cogido en la biblioteca médica—. Es uno de los propietarios de la patente. Tiraba a la basura las muestras que yo enviaba, las sustituía por unas muestras de tejidos sanos, redactaba los informes... todo muy sencillo.

Kimble siguió repasando el informe de Lentz. Curiosamente, todos los informes habían sido firmados por el propio Lentz.

—¿Cuándo murió Lentz? —preguntó a Kathy.

Ella le entregó la caja de las muestras y contestó:

—Creo que el verano pasado. En agosto. ¿Por qué?

—Porque una tercera parte de las muestras aprobadas por Lentz fueron firmadas después de su muerte. —Kimble abrió la carpeta y mostró a Kathy su firma en los informes fechados en octubre, noviembre y diciembre—. Otra persona utilizó el nombre de Lentz.

Al abrir el prospecto de la Devlin-Macgregor, vio la foto de Charles Nichols, quien últimamente había pasado a formar parte del consejo de administración.

Kimble se levantó, aturdido, como si le hubieran golpeado, y metió el prospecto en la bolsa junto con las muestras y el informe de Lentz. Al observar la expresión de su rostro, Kathy le preguntó preocupada:

—¿Adónde vas?

—A ver a un viejo amigo —contestó Kimble.

12

Las luces estaban apagadas en el despacho del jefe de policía. Gerard, sentado frente a su mesa, alzó la vista y vio a Poole junto a la puerta.

—Es Newman. Por la línea dos.

La voz del ayudante Newman traslucía un inusitado entusiasmo.

—Habla Newman. ¿Recuerda que lo llamamos al Hilton para informarle de que íbamos a llevar la foto de Sykes al Chicago Memorial?

—Sí, dime —contestó Gerard.

—Según parece, Kimble se marchó de aquí hace unas horas. El hombre que está junto a Sykes en la fotografía es el doctor Alexander Lentz, un patólogo del hospital. Murió en agosto pasado. Estaba realizando un estudio sobre un fármaco denominado RDU90 para una empresa llamada Devlin-Macgregor. —Newman hizo una pausa y prosiguió—: En estos momentos Biggs está interrogando al señor Roosevelt, que trabaja aquí. Dice que vio a Kimble hace una hora.

—¿Sabe adónde se dirige? —preguntó Gerard.

—No, pero se llevó unas muestras de tejidos.

—¿Unas muestras de tejidos?

—De un estudio de un fármaco, firmado por el doctor Charles Nichols.

Gerard y Renfro se miraron.

—Nichols también conocía a Lentz —añadió Newman.

—Estaba protegiendo a Kimble —dijo Renfro.

A Gerard no le sorprendió la noticia. Recordó el perfecto bronceado de Nichols, sus perfectos cabellos y dientes, su perfecta compostura cuando examinó la foto de Sykes y Lentz.

No le conozco de nada.

Nichols presentaba una fachada tan deslumbrante, tan sólida, que Gerard no conseguía penetrar en ella. Presentía que se le había pasado algo por alto, algo relacionado con la fría insolencia que había observado en los ojos de Nichols.

—Buen trabajo, Newman —dijo bruscamente.

Newman no contestó, pero Gerard imaginó que se sentiría hondamente satisfecho.

—¿Has comprobado ya las posibles llamadas entre Sykes y Kimble?

—No, señor, pero lo comprobaré en cuanto...

Gerard colgó.

Kimble atravesó los túneles de vapor subterráneos, sólo conocidos por los empleados más antiguos del Chicago Memorial, y salió a escasa distancia de la estación.

En el exterior, el cielo ofrecía un color pizarroso, opaco, debido a la gruesa capa de nubes. De vez en cuando, un copo de nieve le caía en el rostro mientras Kimble se dirigía a la estación.

El hecho de ver la fotografía de Charles Nichols en el prospecto de la Devlin-Macgregor le había producido una fuerte conmoción, rabia y dolor.

Jamás hubiera sospechado eso de Charlie...

Kimble entró en la concurrida estación e intentó controlarse. No tenía sentido que se culpara de lo ocurrido. Aunque Nichols hubiera sido un mero conocido, en lugar de uno de sus mejores amigos, el resultado hubiera sido el mismo.

Pero ¿por qué le había ofrecido Charlie dinero y le había ayudado a recoger las muestras que incriminarían a Devlin-Macgregor?

Sólo existía una respuesta lógica. Kimble echó a correr y consiguió montarse de un salto en el primer vagón del ferrocarril elevado, que acababa de arrancar.

El vagón estaba ocupado por un pasajero, que leía el periódico. Kimble se sentó frente a él y trató de reflexionar.

Necesitaba protección; tenía que ir a la policía. Pero no disponía de suficientes pruebas para culpar a Sykes del asesinato de Helen. Sólo tenía unas muestras de tejidos que indicaban que los resultados del estudio del fármaco eran falsos. Pero eso no bastaba para demostrar su inocencia. Los policías no le harían ni caso.

Eso no es asunto mío.

Ni siquiera Walter Gutherie, su abogado, creía en su inocencia. Si regresaba a la cárcel, no lograría convencer a nadie para que investigaran a Sykes, a Nichols y a la Devlin-Macgregor.

Necesitaba encontrar alguna prueba que demostrara la relación existente entre Sykes y Nichols. Si no la conseguía...

Si no la conseguía, seguiría huyendo hasta que lo mataran de un tiro.

En cualquier caso, tenía que ver a Charlie Nichols y oír la verdad de sus propios labios. Quería disfrutar de la satisfacción de enfrentarse a él. No tenía nada que perder.

Y si lograba obtener una confesión...

Kimble observó distraídamente el periódico que leía el pasajero sentado frente a él, cuando de pronto se fijó en unos pequeños titulares, situados en la parte inferior de la primera página, que decían:

KIMBLE ESTÁ EN CHICAGO

Sobre éstos aparecía su fotografía.

Kimble pensó en levantarse y salir del vagón, pero ¿adónde podía ir? Había muchos otros pasajeros que estarían leyendo el periódico y que quizá lo reconocerían.

En aquel instante el hombre sentado frente a él alzó la vista, lo miró y giró la página del periódico.

Aterrado, Kimble agachó la cabeza y permaneció inmóvil. En la foto que le había tomado la policía llevaba barba, quizás el pasajero no sospechara nada...

El hombre lo observó de nuevo por encima del periódico, lo dobló tranquilamente y salió del vagón. Kimble se cubrió el rostro con la mano y se volvió mientras el hombre se dirigía apresuradamente hacia uno de los vagones posteriores.

Sin duda iba a buscar a un policía. Kimble miró por la ventanilla. Al cabo de un par de minutos se apearía en la siguiente parada.

Se levantó y echó a andar por el pasillo, tratando de localizar al pasajero que había ocupado su vagón. Estaba en el vagón siguiente, hablando con un policía y mostrándole la foto de Kimble. El policía se llevó la radio a los labios, pero en aquel momento salió un pasajero del vagón y se dirigió hacia Kimble.

Kimble se apartó para ver lo que hacía el policía... pero de golpe se dio cuenta de que el pasajero que se dirigía hacia él, sonriendo y apuntándole con una pistola, era Frederick Sykes.

Newman entró en el despacho de Gerard cargado con un montón de papeles.

—Tengo los informes de las llamadas, jefe —dijo Newman, agitando los papeles. Mostraba unas profundas ojeras y parecía extenuado.

Gerard sonrió. Era la primera vez que Newman se atrevía a llamarlo «jefe», sin duda debido a la seguridad que últimamente había adquirido en sí mismo.

Al mismo tiempo, sin embargo, detectó cierta frustración en su tono. Newman sostuvo su inquisidora mirada hasta que al fin se rindió.

—He comprobado las llamadas de Sykes durante los dos últimos años, y también las de Kimble, tal como me pidió que hiciera —dijo compungido—. No he encontrado nada.

—De acuerdo —respondió Gerard, dirigiendo la vista hacia el tablón.

Newman no se movió. Al cabo de unos momentos, Gerard se volvió y le dirigió una mirada interrogadora.

Newman suspiró y añadió de mala gana:

—Pero cuando comprobé de nuevo las llamadas de Kimble... encontré una.

Tras un breve silencio, Gerard dijo suavemente:

—Kimble llamó a Sykes.

A continuación se levantó de un salto y gritó:

—¡Renfro! ¡Consigue una orden de detención y tráeme a Sykes!

Luego se sentó de nuevo y se retrepó en la silla.

—¿Cuándo? —preguntó a Newman.

—La noche en que su mujer murió asesinada. A las siete y media de la tarde, desde su coche.

—Ya —asintió Gerard lentamente.

Apoyó los codos en la mesa y juntó las manos, como si estuviera rezando. Pensó en la foto de Kimble, en su mirada, y de golpe experimentó una sensación de impotencia, de incapacidad para comprender; luego pensó en que siempre se había negado a creer en su inocencia y se felicitó por ello, aunque esto no le producía la menor satisfacción.

Newman lo observó atentamente, como si se diera cuenta de sus dudas, y dijo:

—Tengo el informe de la llamada...

Súbitamente Gerard se giró hacia la puerta y gritó:

—¡Poole! Tráeme el informe del arresto de Kimble. ¡Inmediatamente! —Luego miró a Newman y añadió—: No, Newman... te creo.

Al cabo de un rato apareció Poole y le entregó la transcripción. Cuando Poole se disponía a salir entró Renfro, con aire preocupado.

—Sykes no está en su apartamento. Han emitido una orden de búsqueda y captura.

—¡Maldita sea! —exclamó Gerard.

No podían hacer nada hasta que alguien les informara que había visto a Sykes. No podía adivinar adónde se dirigiría, pero sospechaba que Kimble no andaría lejos.

Renfro salió apresuradamente y Newman, que había presenciado la escena en silencio, se encaminó a la puerta. De pronto, se detuvo y dijo:

—No lo comprendo.

Gerard lo miró interrogativamente.

—Yo... —prosiguió Newman—. ¿Ha tenido alguna vez un presentimiento, inspector? ¿Un presentimiento tan intenso que estaría dispuesto a apostar cuanto tiene a que es cierto?

Gerard asintió sin mirarlo.

—Sí. He tenido varios presentimientos.

—¿Y eran ciertos?

Gerard asintió de nuevo.

—No lo comprendo —insistió Newman—. Estaba convencido de que era inocente... Quizá me equivoqué al elegir esta profesión.

Gerard no contestó.

Cuando Newman se hubo marchado, Gerard se puso a reflexionar. Lo más sencillo habría sido rendirse ante la evidencia, olvidar la angustiosa mirada en los ojos de Kimble, decir que había sido un error. Al fin y al cabo, disponían de cuanto necesitaban para convencerse de la culpabilidad de Kimble.

Sin embargo...

Gerard abrió la carpeta que contenía la transcripción del arresto de Kimble. No tenía ni idea de lo que andaba buscando, pero sabía que, fuera lo que fuera, tenía que estar allí. Como habría dicho Newman, tenía un presentimiento.

—Atrás —le ordenó Sykes, apuntándole con el arma—. Diríjase a la puerta, doctor.

Kimble retrocedió lentamente, alzando las manos para demostrar que no iba armado. El tren estaba a punto de detenerse, pero Sykes estaba situado frente a la puerta, impidiéndole la huida.

Sykes avanzó unos pasos hacia él y dijo:

—Yo me bajo aquí, doctor.

—Muy bien —contestó Kimble. No sentía ningún temor, sólo una rabia que le devoraba las entrañas—. Yo también me bajo aquí.

De pronto la puerta se abrió bruscamente y apareció el policía que Kimble había visto hablando con el pasajero.

—Kimble —dijo suavemente el policía. Era muy joven y la mano en la que sostenía la pistola le temblaba. Luego añadió, dirigiéndose a Sykes—: Señor, apártese de él.

Sykes se volvió y le disparó cuatro balas en el pecho. El policía cayó fulminado.

Una fracción de segundo antes de que Sykes disparara, Kimble se abalanzó contra la puerta y tiró del freno de emergencia.

El tren se detuvo violentamente. Kimble se agarró a un asa junto a la puerta, mientras en el vagón contiguo volaban por los aires los bolsos, las carteras e incluso los pasajeros. Sykes cayó hacia atrás y soltó la pistola, que se deslizó por el suelo y se detuvo a escasos centímetros del cadáver del policía.

Kimble se abalanzó sobre el arma, pero Sykes le golpeó

en el estómago haciendo que casi perdiera el sentido. Sin embargo, al cabo de unos instantes se recuperó y, tras asestar un puñetazo a Sykes, se arrastró hacia la pistola, una pistola del calibre treinta y ocho...

«¿Qué tipo de pistola era?»

«Creo que era del calibre treinta y ocho. Sólo la vi durante un instante...»

Kimble apuntó con ella a Sykes mientras cogía la pistola que yacía en la mano del policía.

—Adelante —dijo Sykes, sonriendo y mostrando su amarillenta dentadura—. No tiene valor suficiente para matarme.

Kimble avanzó lentamente hacia Sykes, temblando y apuntándole a la cabeza con ambas pistolas. Tenía la mirada clavada en su rostro, pero sólo veía la mano de Helen, ensangrentada, cubriendo la enorme herida que tenía en la cabeza...

Sykes contempló a Kimble con ojos aterrados.

Kimble aplicó el dedo sobre el gatillo. Era justo que lo matara, que vengara la muerte de Helen...

Estuvo a punto de disparar, pero en el último momento logró dominarse y golpeó a Sykes en el rostro con el arma que sostenía en la mano derecha. La nariz de Sykes empezó a sangrar, salpicando a Kimble. Éste golpeó de nuevo a su enemigo con la culata de la pistola, procurando, pese a la rabia que lo cegaba, no herirlo en las sienes para no partirle el cráneo.

Sykes gimió y alzó las manos para protegerse, pero Kimble siguió golpeándolo implacablemente, obligándole a retroceder hacia la parte posterior del vagón, hasta que al fin Sykes dobló las rodillas y cayó al suelo.

Kimble se metió la pistola de Sykes en el cinturón de los pantalones y se acercó al joven policía para comprobar si aún le latía el pulso. Pero estaba muerto, tal como había sospechado desde el momento en que Sykes le había disparado cuatro tiros y le había reventado el pecho. Le quitó las esposas y las llaves, arrastró a Sykes por la muñeca, lo esposó al cadáver del policía y se guardó las llaves en el bolsillo.

Contempló a Sykes, que permanecía inconsciente, lo agarró por el pelo y le levantó la cabeza.

—No es tan fácil matarme a mí como a Helen, ¿verdad? —murmuró con rabia y amargura—. Ésta es tu parada.

Luego se levantó y corrió hacia la parte delantera del vagón, sosteniendo ambas pistolas en las manos. El tren se había detenido poco antes de llegar a la estación, y sólo las dos primeras ventanillas daban al andén. Kimble se encaramó sobre el asiento, rompió la ventanilla de una patada y saltó al andén.

Gerard estaba en su oficina, sorbiendo la duodécima taza de café del día, mientras leía la transcripción del interrogatorio al que Kelly y Rosetti habían sometido a Richard Kimble la noche del 20 de enero. Al igual que Newman, empezaba a pensar que Kimble era culpable y, sin embargo, algo le impulsaba a seguir leyendo, a buscar ese dato que, según le aseguraba su intuición, debía encontrarse allí a pesar de que todo el mundo lo había pasado por alto.

Gerard ya había leído las cuarenta páginas que contenía la transcripción, y en estos momentos la estaba releyendo por segunda vez, más atentamente. Andaba por la página veintiséis.

Kelly: Empecemos por el principio, doctor Kimble. Abandonó el hospital, asistió al baile de beneficencia del CRAAF, se encontró allí con su esposa, la acompañó a casa.

Kimble: ¿Es necesario repetirlo otra vez?

Gerard cerró los ojos e imaginó el tono de Kimble; ya

conocía la angustiosa expresión que Kelly y Rosetti habían advertido en los ojos de Kimble.

Rosetti: Haga lo que le pedimos, ¿de acuerdo?

Kimble: Ya se lo he dicho. Acompañé a Helen a casa, pero cuando llegamos recibí una llamada de Tim Price comunicándome que tenía a un paciente que se estaba desangrando y que necesitaba mi ayuda.

Kelly: ¿Quiere decir que otro cirujano le pidió que le ayudara en el quirófano?

Kimble: (Asintió.)

Kelly: ¿Qué hora era?

Kimble: No sé... (inaudible)... No lo recuerdo. Debió de ser pasadas las diez, porque no llegué al baile hasta las ocho y media y pasamos allí una hora y media o tal vez dos horas. La familia de Helen ni siquiera sabe la noticia. ¿Puedo llamarlos? Debo informarles...

Kelly: Podrá llamarlos dentro de un rato, doctor Kimble. De modo que recibió una llamada de Tim Price entre las diez y las diez y media...

Kimble: Más o menos.

Kelly: Y llegó al baile hacia las ocho y media. ¿Fue en coche?

Kimble: No. Cogí un taxi.

Gerard se inclinó adelante y leyó de nuevo la frase.

Kelly: Tenía entendido que había acompañado a Helen a casa en coche.

Kimble: Así es. Aquella tarde le presté mi coche a un amigo, a Charlie Nichols, durante unas horas.

Kelly: ¿Y se lo devolvió aquella misma noche?

Kimble: Sí. Me devolvió las llaves... mejor dicho, me entregó el resguardo para que las recuperara.

Kelly: Volvamos al punto en que usted dejó a Helen en casa...

La radio de la policía situada detrás de Gerard emitió repentinamente unos sonidos, haciendo que se sobresaltara y derramara unas gotas de café sobre la transcripción. El mensaje era claro y fuerte: «... a las unidades próximas a la estación de la calle Balbo. Manténganse alertas. Es posible que vean a Richard Kimble...».

Gerard notó que el corazón le latía aceleradamente, no debido a las numerosas tazas de café que se había tomado ni a la información que había oído a través de la radio de la policía, sino a las palabras que acababa de leer.

—La estación de la calle Balbo —dijo Renfro—. Está...

Gerard sabía perfectamente dónde estaba, sabía perfectamente por qué Kimble había ido allí y sabía perfectamente por qué Frederick Sykes no se encontraba en su apartamento.

—¡Poole! —exclamó—. Avisa a Biggs y a Newman.

Gerard echó a correr por el pasillo, seguido por Renfro y Poole, y bajó la escalera hasta el aparcamiento situado en el sótano.

Los tres montaron en un coche y arrancaron, seguidos por Biggs y Newman en otro sedán. Hacía mucho frío y el cielo estaba encapotado. Gerard, que ocupaba el asiento posterior, oyó mentalmente un pequeño coro de voces:

(Eso no es asunto mío...)

(Es inocente, ¿no es cierto?

¿Qué le hace suponerlo?

Usted.)

(¿Recuerda lo que me dijo?

Recuerdo que me apuntaba con mi pistola...)

Mientras escuchaban el informe a través de la radio, empezaron a caer los primeros copos de nieve.

—A todas las unidades cercanas a la estación de Balbo. Ha muerto un policía. Repito, ha muerto un policía. Han visto a un hombre, cuya descripción coincide con la de Richard Kimble, huyendo con dos pistolas...

(Yo no maté a mi esposa...)

Renfro y Poole permanecían en silencio. Un policía

muerto significaba que todo el cuerpo de policía de Chicago se echaría a la calle para buscar a Richard Kimble.

Y dispararían a matar.

—Maldita sea —murmuró Gerard, cerrando los ojos.

Ya no pensaba en las tres mujeres que habían muerto hacía veinte años; sólo pensaba en Richard Kimble, y en que si moría, tendría las manos manchadas con su sangre durante mucho tiempo.

13

Kimble corrió por los pasillos subterráneos del centro comercial situado debajo del hotel, y se detuvo para echar las pistolas en un buzón. Luego subió por la escalera mecánica, salvando los escalones de dos en dos, y entró en el vestíbulo del Chicago Hilton.

En un tablón colgado en la pared figuraba la lista de conferenciantes que iban a participar en el congreso patrocinado por la Devlin-Macgregor. Kimble se detuvo y leyó:

«Avances en la investigación de
tejido y patología nuclear»
Conferenciante: doctor Charles Nichols
Salón de baile de la azotea.

Kimble cogió el ascensor hasta la azotea.

Cuando Renfro se detuvo frente al Hilton, la policía había despejado las aceras. Curiosamente, Newman y Biggs ya habían llegado. Newman, seguido de Biggs, se dirigió apresuradamente a Gerard y dijo:

—La policía de Chicago acaba de informar...

—Ya lo he oído —respondió Gerard secamente—. ¿Ha sido Kimble?

No quería creer que Kimble fuera capaz de semejante canallada, de que hubiera obligado a un hombre inocente a matar a otro, pero al mismo tiempo sabía que estaba desesperado y que, en tales circunstancias, sería capaz de cualquier cosa.

Newman apartó la vista y no respondió.

—Los informes son contradictorios —dijo Biggs—. Pero los policías lo consideran un criminal peligroso.

En aquel momento aparecieron otros dos coches patrulla, de los que salieron cuatro policías armados. Gerard se dirigió a la entrada principal del hotel y se detuvo frente a la puerta giratoria, junto a la cual vio al detective Kelly charlando con un capitán de la policía de Chicago protegido con un chaleco antibalas.

—Los testigos afirman que entró en el hotel desde el metro —dijo el capitán.

Kelly, ansioso, asintió.

—De acuerdo. Quiero que lo cierren.

Cuando el capitán se marchó, Gerard se acercó al detective y dijo:

—Ese hombre es mío, Kelly.

Kelly se volvió y miró al inspector con desprecio.

—No desde que mató a uno de los nuestros, Gerard. Este asunto compete a la policía. No se meta.

Tras estas palabras, dio media vuelta y se alejó antes de que Gerard pudiera responder.

Gerard lo vio entrar en el vestíbulo del hotel y luego alzó la vista hacia la azotea.

Newman se acercó y le entregó un chaleco antibalas.

—Andando —dijo Gerard—. Ya sé adónde se dirige.

—¿Cómo lo sabe? —preguntó Newman.

—Llámalo un presentimiento —contestó Gerard—. Nunca fallan.

Intrigado, Newman ladeó la cabeza como un terrier; de pronto se dio cuenta de que Gerard había entrado en el vestíbulo y se apresuró tras él.

Kimble se bajó del ascensor en la azotea y se dirigió hacia el salón de baile con paso firme y decidido. Al llegar a la puerta, un hombre que llevaba una chaqueta con la insignia del hotel lo detuvo.

Al observar que Kimble no llevaba una tarjeta de identificación, el hombre sonrió y dijo:

—Lo siento, señor. Sólo pueden pasar los invitados...

Kimble cogió al hombre por los sobacos, lo apartó a un lado y abrió la puerta.

Al entrar vio a Charles Nichols, de pie en una tarima, hablando ante un nutrido grupo de gente.

—Deseo expresar mi agradecimiento a los investigadores que me han ayudado...

Al ver a Kimble, Nichols lo miró asombrado y se interrumpió. Los asistentes que estaban sentados en la parte posterior de la sala se volvieron para mirar a Kimble.

—Richard... —murmuró Nichols.

Kimble avanzó por el pasillo central hacia el estrado y, por primera vez desde hacía un año, preguntó en voz alta, sin importarle llamar la atención:

—¿Qué te pasa, Charlie? ¿Te sorprende verme aquí?

Nichols se quedó paralizado, incapaz de responder.

—Sykes no consiguió matarme hace un año; ¿qué te hizo suponer que lo conseguiría ahora?

Richard siguió avanzando entre numerosos rostros conocidos —Jake Roberts, Tim Price, Moh Falawi—, mientras un murmullo recorría la sala.

—Es él... Richard Kimble...

Pero Kimble sólo veía a Nichols, sólo se dirigía a él, como si únicamente ellos dos existieran en el mundo.

—Después de morir Lentz —prosiguió Kimble con voz clara y firme—, tú eras el único que tenía acceso a los documentos de patología.

A medida que Kimble avanzaba hacia él, Nichols se

aferró al estrado con manos temblorosas y trató de dominarse.

—¿A qué informes te refieres? —preguntó con expresión impasible—. No comprendo...

—Cambiaste las muestras y falsificaste los informes del RDU90.

Los murmullos entre el público subieron de tono.

Nichols soltó una carcajada y sacudió la cabeza.

—No sé de qué me hablas, Richard...

Kimble se detuvo frente al estrado, lo miró con furia y respondió:

—Tengo una copia de las muestras originales...

Estaba lo bastante cerca de Nichols para ver la expresión de terror en sus ojos.

—Casi lo conseguiste, Charlie. Pero lo he descubierto todo, y puedo probarlo.

Los dos hombres se miraron fijamente. Luego Nichols se volvió hacia el público y dijo en tono de súplica:

—Señoras y señores... Mi... amigo, como pueden observar, no se encuentra bien. —Acto seguido se apartó del micrófono y añadió, con el mismo tono paternal que solía emplear Walter Gutherie—: Si deseas decir algo, Richard...

—No he venido aquí para hablar.

Nichols se dirigió hacia una puerta lateral. Kimble lo siguió, pasando por entre las mesas y los espectadores que lo contemplaban en silencio, estupefactos.

Ya fuera, Nichols echó a correr por el pasillo hacia una de las suites. Kimble entró tras él y cayó, fulminado por el impacto de la silla que le arrojó Nichols.

Al cabo de unos segundos se incorporó, mientras Nichols se apresuraba a cerrar la puerta.

Luego Nichols se abalanzó sobre él y le obligó a levantarse. Durante unos instantes Kimble lo miró a los ojos, impresionado por la frialdad y maldad que reflejaban.

«No te conozco —pensó Kimble—, creo que nunca te he conocido...»

—Admiro tu perseverancia —dijo Nichols—, incluso cuando más te convendría...

Pero no terminó la frase. Asestó a Kimble un puñetazo que le hizo perder el equilibrio. Kimble trató de defenderse, pero Charlie se precipitó de nuevo sobre él, le golpeó en el estómago y le obligó a retroceder hacia la salida de incendios.

—Siempre supe que tendría que matarte —dijo Nichols—. Te agradezco que esta noche me hayas proporcionado doscientos testigos que no dudarán en afirmar que fue en defensa propia...

Los dos hombres siguieron forcejeando. De repente, la puerta de incendios se abrió detrás de Kimble, y éste resbaló y cayó. En el último momento logró agarrarse a la barandilla de la escalera y, al volver la cabeza, vio que colgaba a veinte pisos del suelo.

Nichols se abalanzó sobre él, pero Kimble le propinó una patada. Las luces de la azotea iluminaban la oscuridad detrás de Nichols, revelando la lenta e implacable nevada.

—Has perdido tu última oportunidad, Charlie —jadeó Kimble.

Nichols se arrojó de nuevo sobre él, pero Kimble se incorporó y le asestó dos puñetazos.

Nichols se puso en pie, tambaleándose, y Kimble le propinó otro puñetazo y exclamó:

—¡Me lo has arrebatado todo por dinero!

Nichols rodó por la escalera. Kimble corrió tras él, le obligó a incorporarse y le murmuró al oído:

—Quiero saber si valía la pena, Charlie...

De la boca de Nichols se deslizaba un hilo de saliva mezclada con sangre, pero su expresión seguía siendo fría y decidida.

—Esto es más importante de lo que crees, Richard. No puedes detenerlo.

Kimble soltó un rugido de rabia y lo golpeó con tal fuerza, que Nichols cayó contra uno de los parapetos de la azotea. Aterrado, miró hacia abajo y vio los coches patrulla que estaban aparcados frente al hotel.

Kimble lo agarró por las solapas. Habría sido muy sencillo arrojarlo por el borde del parapeto, oír sus gritos mientras se precipitaba al vacío...

En aquel momento percibió un ruido y al levantar la vista vio un helicóptero.

—Policía de Chicago. No se muevan...

Kimble vaciló durante unos instantes. Nichols le asestó un golpe en el pecho con la rodilla y huyó.

Unos minutos antes, Gerard, Newman y Poole atravesaban el vestíbulo del hotel hacia los ascensores. Biggs corrió tras ellos y dijo:

—La policía ha acordonado el perímetro. Los agentes de seguridad del hotel controlan la estructura del aparcamiento.

Gerard se detuvo ante el tablón situado junto a los ascensores, donde se indicaba el salón donde Charles Nichols iba a pronunciar la conferencia, y dijo:

—Newman, trata de localizar a Kimble a través de los monitores. Manténte en contacto por radio.

Newman asintió y se marchó.

Gerard y los otros se montaron en un ascensor y cuando el inspector pulsó el botón de la azotea, Poole y Biggs lo miraron sorprendidos.

Al llegar al piso catorce, mientras Gerard contemplaba las figuras en el vestíbulo, que parecían hormigas, su radio empezó a sonar.

—Habla Gerard.

—Soy Newman. He localizado a Kimble en la azotea con Nichols. Junto a la puerta situada al sudeste.

—No lo pierdas de vista —respondió Gerard.

—¿Cómo lo sabía? —le preguntó Poole.

Gerard sonrió.

—La azotea tiene cuatro puertas —aventuró Biggs.

—Quiero que las cubran.

Biggs asintió y transmitió el mensaje por radio.

Cuando llegaron a la azotea y se abrieron las puertas del ascensor, vieron un nutrido grupo de gente que se disponía a bajar. Gerard se dirigió hacia dos guardias de seguridad y les preguntó dónde estaba la puerta que daba acceso a la azotea. Los guardias lo condujeron hasta una suite, donde dos asistentes a la conferencia trataban en vano de abrir la puerta de la habitación.

Uno de ellos dijo:

—Creemos que Kimble y Charles Nichols están aquí dentro.

—Abrid esa puerta —ordenó Gerard, y esperó, impaciente, mientras uno de los guardias de seguridad sacaba una llave y la abría.

El interior de la suite estaba patas arriba y la puerta de la azotea abierta. Gerard pensó que Kimble ya tenía suficientes problemas sin tener que enfrentarse a unos aspirantes a héroes, de modo que se giró hacia los guardias y dijo:

—Permanezcan junto a esta puerta.

La vehemencia de su tono convenció a los guardias, quienes asintieron mientras Gerard se dirigía a la azotea.

La puerta daba acceso a una escalera de incendios de tres pisos, que, a su vez, conducía a la azotea. Gerard bajó la escalera apresuradamente, procurando no resbalar sobre la nieve que se había acumulado en los escalones. Tan sólo percibía el aullido del viento y el fragor del helicóptero de la policía.

Gerard sabía que en el interior del helicóptero un francotirador estaba tratando de apuntar a Kimble. Alzó la cabeza y vio a Nichols, corriendo, y a Kimble tras él. Era un blanco fácil.

Gerard sacó su radio, pero antes de que pudiera utilizarla barrió la azotea una lluvia de proyectiles que rebotaron en el suelo y atravesaron los conductos de aire acondicionado junto a los que se había hallado Kimble unos segundos antes.

Gerard bajó precipitadamente la escalera y permaneció allí hasta que cesó el tiroteo.

—¡Kimble!

Quería decirle que permaneciera junto a Nichols, para protegerse, pero el viento y el ruido del helicóptero sofocaban sus palabras.

—¡Soy el inspector Gerard! —gritó a través de la radio—. ¡Haced que se retire ese helicóptero!

Pero la silueta de Kimble seguía iluminada por un potente foco. Gerard lo vio correr por entre las tuberías y los conductos de la calefacción, persiguiendo a Nichols. De pronto oyó la voz de Renfro a través de su radio:

—¡El inspector Gerard está en la azotea! ¡No disparéis!

La circunferencia del haz de luz se fue reduciendo a medida que el helicóptero retrocedía. Nichols se dirigió hacia el borde de la azotea. Kimble lo persiguió y ambos cayeron sobre el tejado acristalado de un ascensor.

Kimble golpeó a Nichols con furia, hasta derribarlo. El vidrio cedió bajo el peso de los dos hombres, pero Kimble siguió golpeando a su enemigo.

Gerard alcanzó el borde de la caja del ascensor, sacó la pistola y gritó con todas sus fuerzas:

—¡Kimble!

En aquel momento el cristal se rompió y cayó en una rutilante cascada, blanca y hermosa como la nieve.

Atónito, Gerard miró hacia abajo y vio a Kimble colgando del tejado de un ascensor, antes de que éste se precipitara en el vacío.

Gerard enfundó la pistola y corrió a través de la azotea nevada. Renfro lo aguardaba junto a la puerta de incendios y ambos bajaron precipitadamente la escalera.

—¿En qué piso se ha detenido el ascensor? —preguntó Gerard a través de la radio.

Tras una pausa de medio segundo, que al inspector le pareció excesiva, empezó a abrir la boca para protestar cuando de pronto contestó Newman:

—Está en la quinta planta. No hay habitaciones, sólo las instalaciones de lavandería y mantenimiento.

Cuando Gerard y Renfro llegaron al quinto, el inspector estaba jadeando. Se detuvieron frente a la puerta de incendios y sacaron sus respectivas armas: Gerard el Glock y Renfro la pistola del calibre 38.

—Vamos a entrar —anunció Gerard a través de la radio—. Dame cinco minutos. Dile a Biggs que impida que entre la policía.

Luego hizo un gesto a Renfro y los dos se lanzaron contra la puerta.

Ésta cedió y penetraron en una lavandería de dimensiones industriales. De unos raíles instalados en el techo colgaban unas bolsas de lona de doscientos cincuenta kilos que arrojaban los montones de ropa sucia en unas correas transportadoras, que conducían a unas lavadoras de diez metros de alto.

Junto a la puerta había dos mujeres distribuyendo la ropa sobre una pequeña cinta transportadora. Al ver entrar a Gerard y a Renfro, los miraron alarmadas.

—Salgan de aquí —les ordenó Gerard.

Las mujeres obedecieron al instante. Al doblar una esquina se toparon con otro empleado de la lavandería, que estaba sujetando una de las inmensas bolsas de lona al raíl instalado en el techo por medio de un elevador hidráulico, el cual colocaba la lona sobre un travesaño de acero en forma de I, color amarillo.

El hombre observó las pistolas que empuñaban los policías y desapareció inmediatamente.

El inspector se dirigió hacia el centro de la habitación e indicó a Renfro que se situara a un lado.

Gerard gritó, lo bastante fuerte como para hacerse oír por encima del ruido que invadía la habitación:

—¡Kimble! ¡No puede escapar de aquí! El edificio está rodeado.

Gerard siguió avanzando con cautela por entre las bolsas de lona, los raíles metálicos y las cintas transportadoras.

Percibía la presencia de Kimble, sabía que le estaba escuchando.

—¡Kimble! Ya sé lo de Nichols. También sé lo de Sykes... —dijo, confiando en que Kimble lo creyera.

En el silencio, interrumpido únicamente por el ruido de las máquinas, Gerard creyó oír a Kimble vacilar, reflexionar...

Eso no es asunto mío...

Me pagan para que lo capture.

Gerard comprendió que lo que acababa de decir no bastaba.

De pronto, una bolsa se deslizó rápidamente hacia él. Gerard se apartó de un salto y gritó de nuevo:

—Nichols cogió su coche la noche en que su esposa fue asesinada. Estamos seguros de que llamó a Sykes desde su coche...

Es posible que Kimble lo creyera ahora, pero también cualquiera que estuviera escuchando. A medida que avanzaba hacia la zona situada entre las cintas transportadoras, Gerard se mantuvo alerta, dispuesto a disparar al menor movimiento sospechoso, sabiendo que no era de Richard Kimble de quien debía protegerse, sino del doctor Charles Nichols.

—... no tuvo necesidad de entrar en su casa por la fuerza —prosiguió Gerard—. Utilizó sus llaves.

Siguió avanzando lentamente entre dos gigantescas lavadoras cuyos laterales formaban una especie de callejón de acero inoxidable, y gritó finalmente:

—¡Kimble! ¡No es necesario que siga huyendo!

Kimble se ocultó debajo de las bolsas y de los carros de la lavandería que había junto a las cintas transportadoras, cerca de donde se encontraba Gerard.

Cuando comprendió que Nichols era el asesino, la rabia y el dolor lo habían trastornado.

Sólo deseaba matar a Nichols; pero ahora que había recobrado el juicio, únicamente deseaba atraparlo, obligarlo a confesar.

Los informes y las muestras falsas indicaban claramente que el culpable era Nichols. En calidad de jefe del Departamento de Patología, sólo él era capaz de organizar semejante fraude.

Sin embargo, las únicas pruebas que poseía Kimble eran circunstanciales. Sin las confesiones de Nichols y de Sykes, no disponía de ninguna prueba que los relacionara con el asesinato de Helen, excepto su propio testimonio, el testimonio de un hombre condenado por asesinato. El hecho de demostrar que Nichols estaba implicado en un gigantesco fraude para conseguir que se autorizara la venta de un peligroso fármaco no demostraba que hubiera ordenado a Sykes que asesinara a Kimble.

Kimble tomó una decisión: o bien conseguiría una confesión de Charlie Nichols, o moriría en el intento.

Sin embargo, en la azotea, mientras forcejeaba con Nichols, había sucedido algo muy curioso. Cuando comenzaron los disparos Kimble estaba convencido de que era hombre muerto, pero de pronto los disparos habían cesado.

Entonces apareció Gerard, y Kimble pensó de nuevo que iba a morir.

El inspector pudo haber disparado contra él antes de que lograra capturar a Nichols.

Curiosamente, en vez de disparar contra él, Gerard le había dicho: «Ya sé lo de Nichols. También sé lo de Sykes».

De todos modos, era muy fácil decir eso. Kimble le había dado a entender que intentaba implicar a Sykes y a Nichols en el asesinato de Helen. Probablemente era una artimaña destinada a aplacarlo.

Sin embargo... Kimble empezaba a dudar. Gerard no había disparado pese a que tuvo la oportunidad de hacerlo.

No obstante, Kimble estaba decidido a dar con Nichols. Seguramente no había forma de salir del edificio, pues desde la azotea había visto los coches patrulla aparcados frente al hotel. A pesar de todo, estaba resuelto a utilizar a Nichols a modo de escudo y a utilizar su temor a morir para obligarlo a confesar. Si lograba encontrar a Charlie, estaba salvado. De lo contrario, seguiría huyendo.

La muerte provocada por una ráfaga de balas sería rápida y limpia.

Luego, Gerard había dicho: «Nichols cogió su coche la noche en que su esposa fue asesinada. Estamos seguros de que llamó a Sykes desde su coche».

Kimble se detuvo, dudando. Deseaba creer en sus palabras.

Gerard pudo haberle mentido sobre la llamada a Sykes; pero no mentía al decirle que Nichols había cogido su coche, cosa que sólo pudo haber averiguado al leer el informe del arresto.

Lo cual indicaba que Gerard se había molestado en comprobar sus declaraciones.

Eso no es asunto mío.

Kimble continuó buscando a Nichols, pero no dejaba de pensar que Gerard había comprobado sus declaraciones.

En aquel momento oyó su voz por tercera vez.

No tuvo necesidad de entrar en su casa por la fuerza. Utilizó sus llaves...

Kimble se sentó y se apoyó contra la pared, extenuado.

Por más vueltas que le daba, no alcanzaba a comprender cómo había conseguido Sykes entrar en su casa sin dejar rastro, puesto que las puertas estaban cerradas cuando llegó Helen. No se le ocurrió esta explicación tan sencilla...

Tampoco se le habría ocurrido a Gerard, a menos que creyera que Nichols era culpable.

¡Kimble! No es necesario que siga huyendo.

Kimble se levantó y se dirigió hacia el lugar donde sonaba la voz de Gerard.

Entretanto, al otro lado de la habitación, Renfro se abrió paso a través de la maraña de aparatos. No temía por su vida —había vivido momentos peores que éste—, pero estaba nervioso. Era cierto que Kimble no estaba armado, pero eso no significaba que no pudiera matarlo.

Tratándose de un hombre tan desesperado como Kimble, todo era posible.

Renfro oyó un ruido a sus espaldas y se volvió en el preciso instante en que una de las bolsas se deslizaba hacia él a una velocidad capaz de partirle el cuello. Con la gracia de un bailarín, Renfro se apartó de un salto, evitando que la bolsa le cayera encima.

Cuando Gerard le gritó a Kimble, Renfro escuchó atentamente, no sólo las palabras de su jefe, sino tratando de percibir algún movimiento de Kimble.

¡Kimble! Ya sé lo de Nichols. También sé lo de Sykes...

Renfro no dio importancia a esa frase. Tal como solía aconsejarle Gerard, no se calentaba la cabeza pensando en si su presa era culpable o inocente; lo único que le preocupaba era capturar a Kimble, y supuso que las palabras de Gerard sólo eran una hábil estratagema para hacer que Kimble se entregara.

Sin embargo, cuando Gerard dijo: *Nichols cogió su coche la noche en que fue asesinada su esposa. Estamos seguros de que llamó a Sykes desde su coche,* Renfro se quedó perplejo.

No comprendía por qué Gerard había salido solo a la azotea, en lugar de dejar que abatieran a Kimble desde el helicóptero.

Al igual que Poole, Renfro creía que los esfuerzos de Kimble por implicar a Sykes eran a) simplemente un intento de distraer a los policías de su auténtico objetivo o b) el deseo de vengarse del tipo que había conseguido salvar el pellejo.

El asunto de Nichols lo tenía aún más intrigado. No sabía si Gerard hablaba en serio al afirmar que estaba enterado de todo. Al fin y al cabo, precisamente estaba leyendo la transcripción del arresto de Kimble cuando recibieron el informe de la policía de Chicago, y se había mostrado muy preocupado mientras se dirigían al Hilton...

No tuvo necesidad de entrar en su casa por la fuerza. Utilizó sus llaves...

Renfro se detuvo en seco, pues era la primera vez que oía esta explicación.

Mientras meditaba aquella posibilidad, se le vino encima otra bolsa de lona. Renfro se agachó y la bolsa le golpeó ligeramente en la cabeza.

De pronto oyó un ruido y se volvió.

Antes de perder el conocimiento, vio que Charles Nichols se abalanzaba sobre él blandiendo un travesaño de acero en forma de I, color amarillo.

14

¡Kimble! ¡No es necesario que siga huyendo!

Kimble se dirigió por entre los carros de la lavandería hacia la gigantesca lavadora tras la cual había oído la voz de Gerard, pero se detuvo al ver a un hombre tendido en el suelo, inconsciente.

Se arrodilló junto a él, agachándose para esquivar una bolsa de lona que se deslizaba rápidamente contra él. Luego arrastró al hombre que, según su tarjeta de identificación, era un policía, a un rincón y lo examinó para comprobar si estaba malherido.

Kimble le palpó la cabeza, pero sólo tenía un ligero rasguño.

(No pienses en Helen. No hay tiempo...)

El pulso del policía era firme y regular; la respiración normal. Kimble le levantó suavemente los párpados y le examinó las pupilas.

Ambas presentaban el mismo tamaño y estaban ligeramente contraídas. Probablemente había sufrido una simple contusión, de la que no tardaría mucho en recuperarse.

Lo que más alarmó a Kimble fue observar que la funda de su revólver estaba vacía, pues ello indicaba que Nichols andaba cerca y que estaba armado.

En aquel momento oyó de nuevo la voz de Gerard.

—¡Kimble! Si no sale voluntariamente... sabe que lo detendré...

Kimble se dirigió hacia el lugar de donde procedía la

voz de su perseguidor, por entre las interminables hileras de lavadoras de acero inoxidable y carros de ropa abandonados.

Al llegar junto a una de las lavadoras se detuvo, ocultándose en la sombra. A pocos metros de distancia, a su izquierda, vio a Gerard avanzando por un pasillo formado por dos inmensas lavadoras, sosteniendo el revólver en la mano.

El policía se detuvo y volvió la cabeza, sin darse cuenta de que Kimble se encontraba junto a él.

En aquel momento Charlie Nichols se deslizó sigilosamente tras él, apuntándole con la pistola que le había arrebatado a Renfro.

Kimble cogió un palo de seis metros de largo y gritó, utilizando el apodo con que solía llamar a Nichols:

—¡Eh, Chuckles!

Nichols se giró, dispuesto a matarlo.

Haciendo acopio de todas sus fuerzas, toda su rabia y todo su dolor, Kimble le asestó un golpe en el cuello. Nichols cayó hacia delante, hiriéndose en la frente con el borde de una lavadora, y soltó la pistola.

En el momento en que Nichols se desplomaba en el suelo, Gerard se volvió.

Kimble avanzó un poco —hacia la luz, hacia la línea de fuego—, y se apoyó en el palo que todavía sostenía entre las manos.

Durante una milésima de segundo, Kimble temió que Gerard fuera a disparar contra él; y durante esa milésima de segundo, los ojos del inspector lo observaron con frialdad, sin la compasión que habían reflejado cuando Gerard disparó contra Kimble en la prisión federal.

Kimble pensó que quizá todo lo que Gerard había dicho acerca de Charlie y las llaves del coche había sido mentira, una trampa. O quizá Gerard conocía la verdad, pero no le importaba.

Eso no es asunto mío.

Charlie era un mentiroso y un asesino, y Kimble había sido lo bastante estúpido para fiarse de él. Quizá Kimble era un estúpido por fiarse ahora de Gerard, y al final el policía acabaría matándolo.

No le importaba. Estaba cansado, harto.

Todo ello sucedió en menos de un segundo. De pronto Gerard se fijó en Nichols, que yacía inconsciente. La frialdad de sus ojos se desvaneció, y apareció una expresión de alivio que Kimble no alcanzaba a comprender.

Gerard empezó a bajar la pistola, pero vaciló unos instantes, como si no supiera qué hacer.

Kimble permaneció inmóvil.

Lentamente, Gerard enfundó la pistola y dijo a través de la radio:

—Todo ha terminado.

Al cabo de unos instantes la lavandería se llenó de policías y guardias de seguridad del hotel, todos ellos armados y en su mayoría vestidos con chalecos antibalas.

Kimble buscó a Gerard con la mirada, pero el inspector desapareció entre un grupo de policías. Kimble supuso que creían que había matado al policía en el ferrocarril elevado.

Tenían una cuenta pendiente con él. Quizá Gerard también lo creía.

Le apuntaron con sus pistolas y Kimble soltó el palo y levantó las manos.

No le hicieron el menor caso cuando les dijo que el policía herido sufría una contusión. Después de esposarlo, lo escoltaron hasta el ascensor y lo condujeron por el vestíbulo. A través de la puerta de cristal vio cómo introducían a Charlie Nichols en una ambulancia, tendido en una camilla...

Fuera hacía un frío intenso. Rodeado de una masa de

agentes uniformados, Kimble se detuvo en la acera donde le aguardaban los reporteros, los periodistas y las cámaras de televisión.

Kimble agachó la cabeza, clavó la vista en la nieve y avanzó por entre la muchedumbre mientras oía unos fragmentos de los noticieros:

«La aventura del reputado cirujano de Chicago, el doctor Richard Kimble, quien consiguió huir de un autobús cuando lo trasladaban a la penitenciaría de Menard, ha tomado esta noche un giro imprevisto».

«Unos rumores sin confirmar apuntan a la aparición de nuevas pruebas que pueden exonerar a Kimble y condenar a algunos de los personajes más destacados de la medicina...»

«... No sabía lo que se proponía hacer. Mi mujer estaba muy asustada. De pronto, unos policías...»

Una mujer que sostenía un micrófono consiguió atravesar la barrera formada por los escoltas de Kimble y gritó:

—¿Es cierto que puede demostrar su inocencia, doctor Kimble?

—¡Abran paso! —exclamó una voz conocida.

Al levantar la cabeza, Kimble vio a Gerard junto a él. Los escoltas los condujeron hasta un sedán que estaba aparcado frente al hotel.

Un policía alto y corpulento abrió la puerta posterior e indicó a Kimble que entrara.

—Cuidado con la cabeza, doctor Kimble —dijo Gerard con suavidad.

Kimble lo miró asombrado por la cortesía y el respeto que expresaban sus ojos. Gerard lo ayudó a subirse en el coche y cerró la portezuela.

Un joven policía iba sentado al volante, y cuando Gerard se sentó junto a él, le dirigió una mirada de complicidad que Kimble no acertó a comprender. Estaba desconcertado. Era imposible saber si Gerard lo consideraba culpable del asesinato del policía en el tren, pero en cualquier caso se alegraba de alejarse por fin del tumulto.

Se reclinó en el asiento y cerró los ojos.

De pronto Gerard bajó la ventanilla y preguntó:

—¿Has conseguido lo que te pedí, Poole?

Una mujer negra se acercó al coche y entregó a Gerard un objeto cuadrado, de color azul. Gerard lo cogió, subió la ventanilla y se giró hacia Kimble.

—Déme sus manos —dijo.

Kimble vaciló, y luego levantó las manos. Gerard le quitó las esposas, las dejó sobre el asiento delantero y colocó el objeto cuadrado sobre las manos de Kimble. Kimble se estremeció al comprobar que el paquete contenía hielo.

—Debe cuidar sus manos, doctor —dijo el inspector suavemente—. Las necesitará dentro de poco.

Kimble lo miró emocionado al darse cuenta de que Gerard le creía. Y si Gerard le creía, no descansaría hasta conseguir que condenaran a Nichols y Kimble quedara en libertad.

Kimble se miró las manos y luego a Gerard.

—¿No dijo que no era asunto suyo?

El joven policía sentado al volante sonrió muy satisfecho.

Gerard se volvió y respondió bruscamente:

—Bueno... No se lo diga a nadie.

Kimble deseaba expresarle su gratitud, su alivio, deseaba decirle algo, pero era incapaz de articular palabra.

Gerard sonrió, como si lo comprendiera, y luego se volvió y clavó la vista en la carretera.

Kimble se reclinó en el asiento y observó las farolas que desfilaban por la ventanilla. De golpe se dio cuenta de que el viento y la nieve habían cesado. El cielo estaba estrellado y la noche era serena.

Título de la edición original: *The Fugitive*
Traducción del inglés: Camila Batlles,
cedida por Ediciones B, S.A.
Diseño: Emil Tröger
Ilustración: Cartel de la película *El fugitivo*,
por cortesía de Warner Española, S.A.

Círculo de Lectores, S.A.
Valencia, 344, 08009 Barcelona
3 5 7 9 3 9 1 2 8 6 4 2

Depósito legal: B. 34873-1993
Fotocomposición: gama, s.l., Barcelona
Impresión y encuadernación: Printer industria gráfica, s.a.,
N. II, Cuatro caminos s/n, 08620 Sant Vicenç dels Horts
Barcelona, 1993. Printed in Spain
ISBN 84-226-4825-3
N.° 28258